JN015852

廃村ではじめるスローライフ 3
~前世知識と回復術を使ったらチートな宿屋ができちゃいました!~

ライザ
テレーズとパーティを
組んでいる冒険者。
ジョエル
貴族の息子で、
訳あって廃村に滞在中。
テレーズ
ライザとパーティを
組んでいる冒険者。

マリアンナ
（通称、マリー）
猫獣人ゆえか、
猫の気持ちがなんとなく分かる。
エリック
日本人だった記憶を持つ
元回復術師。
絶品料理と
冷えたエールで乾杯！

スフィア
凄腕の魔道士。
しかし、酒癖が悪い。
岩陰で発見したのは
サハギンの少女!!

haison de hajimeru
slow life
~zensechishiki to
kaifukujutsu wo tsukattara
cheat na yadoya ga
dekichaimashita!~

口絵・本文イラスト
れんた

装丁
木村デザイン・ラボ

プロローグ　順調な廃村生活

前世の記憶を持つ俺は未踏の地を探検できる冒険者に憧れ、回復術師の適性もあり夢を実現した。

だが夢であった冒険者になったは良いものの、回復術師の要であるヒール能力が致命的に低くどこに行ってもお荷物扱いされてしまう。

またパーティを首にされて失意の中、猫耳の少女マリーと出会うことで生活が一変する。

彼女の飼っていた猫の治療をしたことで自分のヒールの特性に気が付いたからだ。

俺のヒールは回復能力が低いものの、持続力が高く布にヒールをかければ弱いながらもずっと回復の効果が続く。

そこで俺は思いついた。

ヒントは前世のゲーム知識にあるような宿。ゲームの宿って宿泊すると体力が全回復になるじゃないか。

もちろん、この世界の宿に宿泊しても、回復効果なぞない。

しかし、俺のヒールを使えば体力が全回復する宿が実現できるんじゃないかってさ。

癒しから想像し、俺が宿を経営する土地に選んだのは廃村だった。

宿は、回復以外にも他にないサービスで予想以上に好評になった。そのサービスの一つが料理だ。

前世知識を活(い)かして、日本風のメニューを再現したら冒険者たちにも好評で、いつしか食事のみの客も来るようになった。

そうそう、すみよんという不思議なワオキツネザルのような喋(しゃべ)る動物から、騎乗できるカブトムシを譲ってもらって行動範囲が格段に広がったんだ。

そこで強い圧を発する蜘蛛(くも)の女王アリアドネに出会ったり、新たな食材を手に入れたりで充実した毎日を過ごしていた。

そんな折、この地域で一番のお偉いさんであるキルハイム伯爵から息子のジョエルを預かってほしいと頼まれたんだ。どうやら、彼には独特の味覚があるようで、少しでもおいしく食事をしてもらおうと奮闘したりもしている。

さて今日も、そろそろ動き出すとしますか！

第一章　キルハイムへお出かけ

前々から行こうと思っていたキルハイムの街へ行こうとマリーを誘った。

即答で一緒に行くことを了承してくれたので、廃村にしばらくいないことをジョエルに直接伝え、宿にいなかった冒険者のライザたちには書き置きを残しておいた。

準備万端！　出発だ！　……と思ったけど、カブトムシを前に震えるマリーを見て、やっぱりやめておこうかなと心が揺らぐ。

一応誘う時に言ったのだが、いざカブトムシを前にすると彼女の気持ちも揺らぐってものだよね。

本心では行きたいみたいだけど、でもやっぱりカブトムシは無理っぽい。

「マリー、やっぱり俺一人で行くよ」

「い、いいえ。わたしがエリックさんとご一緒したいんです……」

「う―ん、俺の前に座ると余計怖くなっちゃうか」

「う、後ろに座る方がいいです……」

だよな。でも万が一、怖がって落ちちゃったらって心配なんだよな。

前にマリーが座るなら後ろから俺が支えておけば大丈夫だけど……。

よっし。ならば、見栄えも快適さも損なうけど仕方ない。

ロープを持ってきて彼女の前に立ちくるりと背を向ける。

「ほい、ロープを腰に回してこっちに」

「は、はい」

受け取ったロープを自分の腰に回し、ぐぐいと引っ張った。

マリーがピッタリと俺の体に密着するが構わずさらに強く引き、ギュッと縛る。

「あ、あの……」

「誰かに見られるのが恥ずかしいかもしれないけど、そのまま俺にしがみついてて」

「は、はい」

「目を瞑(つぶ)って。体が浮くけど驚かないでね」

彼女を背負うと、軽々と体が浮いた。

軽すぎないか？　猫の獣人だからかな。

マリーといえば特段動くことなく、俺にされるがままになっている。

「マリー」

「は、はいい」

呼びかけると耳元で彼女が即座に返答してくれた。声の様子から動揺しているような気がする。

「落とさないから安心してくれ」

「全く心配しておりません」

「あ、そうか。別のことを気にしているんだな」

「ぴ、ぴたっとしたら……エリックさんの……」

何やらまだブツブツ言っているマリーだったが、彼女を背負ったままカブトムシに乗り込む。

やはりカブトムシは速い。冒険者時代に拠点にしていたキルハイムの街まで、ものの二時間くらいか？

キルハイムの街は、俺にとって生まれた場所であり、マリーにとっても慣れ親しんだ街だ。

さっきからマリーが静かだけど、大丈夫かな？

一度確認を取ろうか少し迷ったが街はすぐそこなので、このままカブトムシに乗って街中に入ることにした。

珍しい騎乗生物だから変な注目を集めるかも、なんて懸念していたけど杞憂（きゆう）だった。

テイマーが色んな生物を連れているからか、街の人にとっては騒ぐほどではない、という認識なのかもしれない。

実際、俺が街中を歩いていた時のことを思い出してみると、変な生物がいるなあ、程度にしか思ってなかったな。

それでも自分が変わった生物を連れていたら気になっちゃうものなんだよ。

ほら、例えば普段財布に五千円を入れていたとしよう。たまたま銀行から現金を引き出して五万円を持って電車に乗ると何だかソワソワしない？

そんなソワソワする気持ちが俺にもあったのかも。ずっと街で暮らしていて変わった生物を見てるんだから、杞憂だってすぐに分かるものなのにね。

人間ってのは不思議なものだ。単に俺が小心者なだけかもしれない。

「あれ、冒険者ギルドじゃないんですね。どこに向かっているんですか？」

「グラシアーノさんのところに行くのがジャイアントビートルを預けるのに手っ取り早いんじゃないかって思ってさ。馬用だけど厩舎もあったはずだし」

グラシアーノは中々のやり手商人で、確か彼のところには厩舎もあったはず。自宅か商会かどっちなのか記憶が曖昧ではあるけど……。

商会って聞きなれない言葉かもしれない。現代日本風に言うと会社のことなんだ。

他にも冒険者ギルドのようなギルドと呼ばれる組織もある。

キルハイムにある道具屋という個人店と商会の違いが何なのかと問われると、商会は必ずしも店舗を持っていないってことかな。

個人店は店ありきで店で何かを販売することを生業としている。他に行商人と呼ばれる人たちもいて、彼らは街や村を渡り歩き仕入れと販売を繰り返す。

言わば移動式の店舗で仕入れと販売を同時にこなし、その差額で生計を立てている。

商会はこのどちらもやる時もあれば、やらない時もあって、もっと広い範囲の業務を行っているんだ。

店での販売、行商、卸売り、他には冒険者ギルドと連携して隊商の護衛を斡旋したりなんてことも。

もちろん、商会と名乗っているところがこれら全ての業務を行っているわけではない。

グラシアーノのところは主に行商だな。キルハイムの街で仕入れたものを色んな場所で販売している。拠点となるのはキルハイムのみというところが他の商会との違いだろうか。

他にも少しばかり卸売りもしてるって言ってたな。

「なるほど！　確かに、ですね！」

「だろ？　彼なら色んな魔道具屋を知っているだろうしな。それに、この街には俺が懇意にしている店がないし……」

「わたしも……です」

「そこは落ち込むところじゃないって、俺も同じだもの。それに俺たちにはグラシアーノさんという頼りになる友人がいるじゃないか」

「はい！　エリックさんはいつも優しいです……」

ポスンとマリーが俺の背中に顔を埋める。背中から伝わる、と言いたいところだけど革鎧を着ているので全く感触が伝わってこない。

一応、外に出るわけだし危険がないとは言い切れないだろ？　もしもの時は、戦う場面も出てくるかもしれないからね。

ちゃんと弓と片手剣にダガーも持っているし、カブトムシコンテナの中には予備の矢まで置いてある。

と言っても、カブトムシのスピードで振り切れない動物やモンスターなんて滅多にいないと思うけど……。

例外は空から急襲された時くらいだな。その場合は俺が弓で仕留める予定だ。

まあ、この世界では鷹より一回りくらい大きな飛行生物でさえ稀だ。俺たちを好んで襲ってくる空のモンスターに出会うことはまずない。

有名どころでは飛竜がいるけど……飛竜の場合は図体がでかいので狭いところに逃げ込めば凌ぐことができる。

「それにしても、久しぶりにキルハイムに来た感覚だったけど、街並みって全然変わってないんだな」

「わたしには全然違って見えますよ！　わたしにとって街は辛いものでしたが今は違います」

ゆっくりとカブトムシを歩かせながら、街を歩く人たち、露店の様子を見ているけど昔の記憶のままだ。

数年ぶりというわけでもないので、変わっていないのも当然かもしれないけど、廃村で暮らしていたからか久しぶりって感覚だな。

俺からは見えないけどマリーも左右を見渡していたらしく、彼女なりに思うところがあるようだ。

彼女は猫と暮らしていたけど、ギリギリの暮らしだったと聞いている。俺は役に立たない回復術師であったが、食うに困るまでには至ってなかった。

「マリーがどれほど辛い暮らしをしていたのか俺には推し量れないけど、言わんとしていることは分かるよ」

笑顔のまま頷(うなず)く彼女に向け言葉を続ける。

「いや、冒険者時代は俺も不遇でさ。自分の能力の低さが原因なんだけど、どうしても『あいつが悪い』って人のせいにしてしまおうとして、それで余計にささくれ立って」

「まさか、そんな」

「でもさ、今は違う。冒険者と接していても後ろ暗い気持ちになることもない。ほら、ゴンザやライザたちとも出かけたことがあっただろ。以前と違って楽しくてさ。立場が変わると、これほど変わるんだ、って……マリーの街に対する印象もそんなところなのかなと思ったんだよ」

「確かに、似ています」

しんみりとしてしまったところでカブトムシを止め、右へ顔を向けた。

さっきから香ばしい匂いがしていて、どこかなと思っていたらここみたいだな。

露店で肉を焼いているようで、鉄板の上でソースが肉汁と混じり焦げる匂い。

空気を変えるためにも肉を買って食べようかと思ったが、ロープのことを忘れていた。

廃村を出てからここまでずっと腰に巻いたロープはそのままだ。

このままカブトムシから降りるとマリーを背負ったままになってしまう。それは……俺はいいけど彼女は恥ずかしいよな。

「この香りに止まったんですか？」

「うん、そろそろ腹も減ってきたし。でも、もう少し我慢して先にグラシアーノさんのところへ行こう」

「エリックさん、それでしたら今通り過ぎたばかりの右の道の方が近いです」

「マジか。行き過ぎていたんだな」

カブトムシがカサカサと方向転換し、大通りから細い路地へ入る。

道が細いといっても、カブトムシが通っても人とすれ違うのに全く困らないくらいの道幅があるから問題ない。

◇◇◇

「これは素晴らしい。これは素晴らしい。これは……」

「素晴らしいのは分かったから、戻って来てー」

「……失礼いたしました。コンテナを備えた騎乗生物とは、初めてお目にかかりました」

「ジャイアントビートルでここまで来たんですよ」

「さすがにコンテナの中で寝る、のは難しそうですね」

「宿を長く空けるわけにもいきませんので日帰りですよ。朝早く廃村を出たんです」

「な、なんと。これは素晴らしい。これは素晴らしい。これは……」

だあああ……！　また行ってしまったじゃないかよ。

グラシアーノの商会までマリーの記憶を頼りにやって来たんだ。すると、運のいいことに彼と出くわすことができた。

中に招かれて応接室へと行くところだったのだが、ジャイアントビートルを目にした彼が妄想に耽ってしてしまって今に至る。

ジャイアントビートルを見た瞬間にフラフラとし始めて、「このフォルム……美しすぎる。それに色……」と言い始め、興味を惹かれたようだったのでコンテナとか説明したんだよね。

すると、同じセリフを繰り返しはじめちゃって。

今度はジャイアントビートルのスピードに感動してしまったようである。

複数準備することを考慮せず一頭だけに限定するなら、馬よりジャイアントビートルの方が優れた点が多いのは確か。

甘いフルーツが大好物で野菜も食べるのは馬と似ているが、哺乳類の馬と昆虫型のジャイアントビートルでは食事量が段違いだ。

俺たち人間や馬は、体温を維持するために多大なエネルギーを使う。対してジャイアントビートルは、体温維持の必要が無い。

なので、必要なエネルギーが馬より少ないのだ。

通常、昆虫は気温の変化によって活動量に大きな差が出てしまうもの。

しかしジャイアントビートルはいつでも最高のパフォーマンスを見せてくれる。

他には馬より速いとか、スタミナもあるとか、完全上位互換と言ってもいいくらいだ。

馬と違って生態がまるでわからないのが欠点である。

どれくらい生きるのか、とか、繁殖できないのか、とか継続して利用していくためにどうすればいいのかまるで分らない。

「モンスターだから」と言ってしまえばそれまでなのだけど……。

とまあ、商人であり「物を運ぶ」ことに並々ならぬ拘り(こだわ)があるグラシアーノからすれば、ジャイアントビートルに心を奪われるのも理解できる。

「戻って来てー」

「……は。失礼しました」

心を奪われすぎなのも問題だ。

俺はいつも物腰柔らかなグラシアーノの様子しか見たことが無い。彼でもこれほど取り乱す（？）こともあるんだな。

俺がこれまで出会った人物の中で「紳士」と言えば彼が真っ先に思い浮かぶ。

他に「紳士」と言えば貴族の知り合い……いや、知り合いというのはおこがましいな。できれば貴族とはお知り合いになりたくないし、「吾輩(わがはい)」とか言う貴族様は決して紳士というイメージではない。

年配の知り合いもいるけど……「ぱりぱりだね」……は無い、無いよ！　アレはない！

「紳士」な人物に考えを巡らせるが、グラシアーノ以外に少しでも紳士要素がある人がいないじゃないか。

いや……、いた！

振舞いは紳士的であるが、見た目が若いんだよな。誰かって？

いつもお掃除に大活躍してくれるコビトのストラディだよ。コビト族だからどうしても紳士なイメージと離れてしまって思い出すのに時間がかかった。

なんか濃い人物ばっかりだな……と思い、俺は考えるのをやめた。

遠い目をしてしまった俺に対し、グラシアーノがようやくいつもの調子で口を開く。

「エリックさんとマリーさんから訪ねて来るとは珍しい。何か急ぎの用なのかな？」

「急ぎってわけじゃないんです。ちょうどマリーと俺が外に出る時間があったんで、前々から一度街に行こうと思ってまして」

「なるほど。元々街に住んでいた二人にオススメのレストランを紹介しても、いや、私のところを訪ねて来てくれたのは必要な物があるからだね」

「その通りです。魔道具の店に詳しくなくて、グラシアーノさんだったら知っているかなと」

「どのような魔道具が欲しいんだい？　物によっては在庫があるかもしれない。君なら卸売り価格でいいよ」

「おお！　トイレ用の魔道具が欲しくて……。できれば洗面所用のもあれば欲しいです」

「ほお。いよいよ各部屋にトイレを、なのだね。素晴らしい！」

最初に彼に会った時には、まさかこんな関係になるとは思ってもみなかったな。

そういや最初に会った時には、丁寧な口調で対応してなかったかも。あの頃は冒険者気質がまだ抜けてなくて……。

街中で突然、声をかけてきた人物と丁寧な口調でやり取りすることなんて考えられなかったのだ。

こうして取引をする仲になり、自然と丁寧な口調で話すようになったんだよな。

「六セットお願いしていいですか？」

「頼まれた。予算はこれくらいでいいかい？」

「大丈夫です。いや、やっぱり八セットにしていただけますか？」

「分かった。すぐに準備するけど、しばらく街を散策してくるかい？　それとも中で待つかな？」

「散策してきます。行こう、マリー」

「はい！」

宿を経営する商売人の端くれとして「相見積もり」くらい取った方がいいんじゃないかって思うかもしれない。

本来なら相見積もりを取ることは重要だと俺も考えている。

しかし、相手がグラシアーノとなれば話は別だ。彼は廃村が盛り上がることを応援してくれている。

これまでも何かと便宜を図ってくれて、俺でも分かるほど安く仕入れさせてもらっていた。悪いなと思っていたので、経営が軌道に乗ってきた今は少しばかり上乗せして商品代を渡すこともあるくらいだ。

なので、彼が「卸値」でと言ってくれた以上、他に見積もりを取る必要なんてない。それほど俺は彼を信用し信頼している。

「マリー、どこか行きたいところはある？」

「いえ、特には……」

と言ったところで、彼女のお腹が盛大に悲鳴をあげた。

真っ赤になる彼女に対し、「俺もさっきから……」と照れながら腹を押さえる。

意識していなかったけど、こうして街中をブラブラしていると色んなレストランがあるんだな。

日本食を提供する俺の宿は他にはない珍しさがあると自負しているが、キルハイムも中々どうしてユニークな店が多い。

ユニークだから流行っている、というわけじゃないのが難しいところだよな。

正直なところ日本食を提供するのは、俺の自己満足のためだった。前世の記憶を持つ俺としては、やはり日本食が恋しくなる時があるんだよ。

何か疲れた時に一杯のお茶漬けを食べたい、味噌汁が飲みたい、そんな気持ちになったことないかな？

特に外国から日本の空港に到着して、自宅の扉を開けてこたつに座りホッと一息ついた時とか。

この世界の人の口に日本食が合うかどうかは分からない状況で、日本食の再現を目指した。まるで受けなかった時には、無難な料理を出そうと考えてはいたんだ。

当初、宿のキラーコンテンツは「回復すること」だったから、冒険者をターゲットにしたわけだし宿としてはそれだけで成り立つ目論見だったんだよね。

ところがどっこい、予想外に日本食の再現が受けて、今では「回復すること」以上に料理目的のお客さんが増えてきている気がする。

いずれにしても繁盛していることは喜ばしい。

もちろん、これだけが宿繁盛の要因ではないことは重々承知している。

マリーという従業員がいてくれること。コビト族が掃除をしてくれていること。すみよんやスフィアら隣人が何かと手伝ってくれたことなど要因をあげると枚挙にいとまがない。

マリーの猫たちだってコビト族の手伝いや宿内の害虫駆除に役だってくれているんだ。

みんながみんなできることを、それぞれ頑張ってくれた結果、今の宿があるのだ。感謝してもしきれない。

「どうかしましたか？」

「あ、いや。この店とかどうかな？」

宿のことに考えを巡らせていた結果、自然と視線がいつも頑張ってくれているマリーに向いていたようだった。

彼女は耳をピンとさせながら露店が立ち並ぶ大通りに目を輝かせていたが、俺の視線に気が付いたようで顔だけをこちらに向けていた。

ちょうど、露店の切れ目のところにレストランがあったので誤魔化すように指をさす。

そこは船の錨が扉に取り付けられていて、窓が丸く拘りのありそうな店だった。

「何だか面白そうな店じゃない？　ずっと街に住んでいたのに知らなかったよ」

「わたしもこの辺りは殆ど来たことがありません。この辺りは縄張りが強くて……」

みなまで言わなくても分かるぐらい、途中から過去の境遇に話がさしかかると、ずううん……とうつむいてしまうマリー。

彼女の街での生活は悲惨なものだった。食うに困っていながらも猫たちに餌を与える献身ぶり。

縄張りが……の言葉から想像するに彼女はレストランに残り物がないか聞いて回っていたが、この辺りは他の獣人がいて聞いて回れなかった、ってことだと思う。

ほら、行こう、と彼女の背中にそっと手を添え、少しばかり前に押し出す。

すると彼女は、はっと顔をあげ「はい！」と元気よく返事をしてくれた。

さて、店はどんな感じなのかな。

分厚い木の扉を開いたら、陽気な音色が耳に届く。音楽が流れるお店とは、これまた珍しい。

この世界で音楽を流す機械はまだ見たことがないけど、ひょっとしたら魔道具で録音して再生する装置みたいなのがあるのかもしれないな。それにしたって、一般に普及しているものではない……はずだ。

と思っていたら、楽器を演奏している人がちらっと見えたので店内に流れる音楽が生演奏だとすぐに分かった。

「素敵な音楽ですね！　それと、お店の中も調度品に拘りがあって、風を受ける布？　なんでしょうか」

「あれは帆を模したものだと思う。マリーは海や湖に浮かぶ船を見たことがある？」

「いえ、わたしはキルハイムから出たことがなかったので見たことがないです。船の中のような店内なのでしょうか」

「うん。この店は外洋に出る船を模してデザインされている。大きな樽(たる)があるだろ、あれに水を入れて飲み水にしたり、とか」

「そうなのですね！　大きな船を見たことがなかったので、このような感じなのですか」

「今度、一緒に見に行こう。海は少し遠いんだけど、キルハイムから南の方角に行けば港街があるんだよ」

「行ってみたいです！　海も見てみたいです」

ほくほくと嬉(うれ)しそうな顔をするマリーは、先ほどの沈んだ顔などどこへやらとなっていた。

すぐに店内に入ってよかったよ。彼女の気持ちが切り替わって。

偉そうに港街とか船とか彼女に言ったけど、一回だけしか行ったことがないのは内緒だ。

あの時は感動した。大型船と海を見てはしゃいでしまってさ。当時、一回限りで組んだパーティメンバーに白い目で見られた苦い記憶がおまけでついて来たのが玉に瑕(きず)ってやつだ。

せっかく音楽が流れているので奥の席にしようかな。

入口からだと奏者があまり見えないんだよね。音楽を奏でる姿を見ながら食事をする、……何て優雅で贅沢(ぜいたく)なんだ。

もし食事が外れでも来た甲斐(かい)がある。

「ほほお」

「見たことのないもふもふさんです！」

演奏するステージ的なものはなく、店の奥、一般客が座る席に腰かけた小型のハープを演奏する長髪の男と、彼の傍でうつ伏せになり目を閉じる銀色の毛並みをした狼。

彼が連れていたのは狼と言ったが犬型のモンスターである。馬くらいの大きさで顔が小さく足が長い。足下はふさふさが膨らんでおり、精悍な顔つきをしていた。

犬の犬種にたとえるならボルゾイに近いかも。気品のある佇まいをした犬型モンスターといった感じをしている。

目を閉じている姿を見るに、左右だけじゃなく真ん中にも目がありそう。三つ目のモンスターは一度だけ見たことがあるけど、真ん中の目は視力を持たない場合もあると酒場で冒険者が得意気に話をしていたのを聞いたことがある。

この犬型モンスターはどうなのか分からないけどね。

席に座り、静かな旋律に聞き惚れていたら金髪でおさげの店員がメニューを持ってやって来た。

「いらっしゃいませー。この中からお選びください」

「ありがとうございます。素敵な演奏ですね」

「旅の楽士さんの演奏、とても素敵ですよね！　たまにこうして、来てくださるんです」

「そうなんですか。こうして音楽が聞けるなんて幸運だったんですね」

「是非、ごゆっくり聞いていってください。後ほど注文をお伺いします」

ペコリと頭を下げて立ち去ろうとする店員を呼び止める。

俺たちの注文は決まっているのだ。確認するようにマリーと顔を見合わせ頷き合った。

「オススメ二つください！」

マリーが元気よく注文する。

敢えてオススメの内容は見ていない。船を模したこだわりの店で出してくれる料理ってなんだろうな。楽しみでならない。

漁師料理とかが出てくるのかも？　しかし、港街じゃないから川魚とか？

注文を終え、優しげな旋律を奏でていたハープの音が軽快なものに変わる。

特段音楽が好きだというわけじゃないが、前世だと自分で聞こうとしなくても、どこでも音楽が流れていた。当たり前に聞いていた音楽を、生まれ変わってからこれまでに、殆ど聞くことがなくなって久しいが、こうして演奏を聞いていたらいかに音楽が心を癒してくれるものなのかを再認識できた。

それだけで彼の演奏を聞けた価値がある。

聞き惚れていたらどうやら軽快な旋律がクライマックスだったらしく、残念なことに演奏が終わってしまった。

顔をあげ片方の手を振る男に向け、他の客から拍手が送られる。もちろん、俺とマリーも全力で手を叩いた。

拍手喝采に反応したのか犬のボルゾイに似た犬型モンスターが「ふああ」と大きく口を開け欠伸をし、ぱちりと目を開く。

左右は金色の瞳で中央の第三の目は紫色だった。銀色の毛並みに金色とアメジストのような紫の瞳。気品ある佇まいに、何だか高貴な人を前にしたかのような錯覚を覚える。

少なくとも、「吾輩（わがはい）」と言っている貴族様よりは気品があるよな……。

いや、あの人も見た目だけならカッコよくて威厳もあると言っていい……と思う。

ナポレオンのような軍服を着た彼はガタイがよいこともあり、決まっている。

ともあれ……え、いいの？

俺の思考を完全に停止させる出来事が起こった！

むくりと立ち上がった犬型モンスターが、なんと俺の足下で座り首を上げてきたのだ。

これは、わしゃわしゃしてもいいポーズに違いない！

「どうぞ撫（な）でてあげて下さい」

「では、お言葉に甘えて」

ハープを持った長髪の男が許可してくれたのでさっそくなでなでする事に。

うはー。こいつは上等なベルベットだー。

ふわふわ、それでいて弾力があり、思わず頬擦りしたくなる。

カブトムシはカブトムシで光沢のある硬い外骨格が魅力だった。外骨格は外骨格で悪くないけど、
やはりもふもふしてるのには敵（かな）わない……いや待て俺にはカブトムシが……。こんな、ふさふさな
魅力に負けてなるものか！　俺にはカブトムシというペットが……。

「顔を当てても大丈夫ですか？」

「どうぞ。ラーイも喜んでます。初対面の人にこれほど彼が懐くのも珍しい」

つ、つい聞いてしまった。

いやほら、今しかないチャンスだし。カブトムシはいつもいるし。

ということで、いざ！

ぼふん。

こいつは気持ちいぃー！　たまらんな。

熊の毛皮にすりすりした時の数倍心地よい。やはり生きていると体温もあって気持ちよさが段違いなんだよな。

毛皮で思い出した。そういや家畜小屋にはヤギがいた。しかしやつらは俺にやたら辛く当たるんだ。マリーが取られるとでも思っているのかもしれない。

今に見ていろよヤギども。ふ、ふふ。

頭の中はこんな感じでもうわちゃわちゃだが、表面上は取り繕う俺である。

「ラーイという名前なんですね。よろしく、ラーイ。俺はエリック」

頭を犬型モンスターことラーイから離し、彼を撫でながら挨拶(あいさつ)をする。

すると彼は気持ちよさそうに目を閉じ喉(のど)を鳴らす。

自己紹介するなら顔を埋(うず)める前にしろって話だが、仕方ないじゃないか。彼の魅力に逆らえなかったんだよ。

「ご丁寧にどうも。彼は妖精(ようせい)族の一種クーシーのラーイ。私の相棒です」

「改めまして、俺はエリック。ここから少し離れたところで宿を経営しています。彼女は同じ宿で

働くマリーです」

「マリーです！」

するとハープを持った長髪の男は大仰に右手を高々とあげ、すっと自分の胸元に持ってくると同時に片膝を少しだけ折り曲げる。

まるで演劇でも見ているかのような仕草だ。きらりん、と彼の背後が一瞬光った気がした。

「はじめまして、私は『旅の楽士』ホメロン。以後お見知りおきを」

どこから取り出したのやら帽子を気障ったらしく被るホメロン。

なんか、この人濃ゆい。服装は、まあ旅の楽士といえばそうなのかも。落ち着いた灰色のローブにエメラルド色の留め具、金色のサラサラの髪をしていて膝まであるブーツ。

恐らく革手袋やハープを背負うための革紐か布の帯なんてものも装着して旅をしているのだと思う。

そこまでは、まあいい。ただ、大仰で芝居がかった仕草と相まって、どんだけつけまつ毛を装備したんだってくらいばっさばさのまつ毛や彫りの深い顔立ちもあり、何というか昔の少女漫画に出てくる男の人みたいな感じ（？）でいろいろ濃ゆい。

若干引き気味の俺と背をのけぞらせるのを我慢している様子のマリーに対し、彼はピンと親指で人差し指を弾きながらきらりと白い歯を光らせた。

「エリックさんから何か感じます」

「な、何かって？」

「背後に……見えます、見えます」

「え、何それ怖い……」

「あなたもテイマーですね、分かります絆（きずな）の糸が見えます」

「み、見えるものなの？」

いつしかホメロンへの丁寧な言葉が引っ込み、素の口調に戻る俺。

一体彼は何を言っているのだろう？　少なくとも俺がテイマーでないことは確かだ。

たじろく俺に対しホメロンは両手を高々と掲げ、すっと右手を顎（あご）にやる。もう一方の手をあげた意味があったんだろうか。

余った左手は宙をさまよい元の位置に戻った。

「私は旅の楽士ではありますが、バードテイマーとしても活動をしております。私はテイマーですので、他のテイマーが連れているペットとの絆が見えるのです」

「テイマーってみんなそうなの？」

バードテイマーというのは複合語だ。魔法戦士とかと似たような意味合いで使われる職業表記の一種である。

冒険者でない人が聞いたら、バード（鳥）を使役するテイマー（魔物使い）と思われるかもしれないが大きく異なる。

冒険者の職業で言うところのバードとは楽士のこと。楽器を使って演奏をする職のことをバードと呼ぶのだけど、ただ音楽を奏でるだけではない。

バードは魔曲と呼ばれる魔法のような曲を奏でることができる。筋力を上昇させたり、モンスターを同士討ちさせたり、と効果は様々だ。

ホメロンはバード（楽士）とテイマー（魔物使い）の両方の能力を持つのでバードテイマーと自称しているってわけさ。

「いえ、皆が皆、そういうわけではありませんので『見えない者』もいます。この子とは仲良くなれそうかもという直感が働き、ラーイとも仲良くなることができました」

「へー、テイマーが野生のモンスターをテイムする姿を見たことがないけど、割と直感なんだな」

「人によります。私の場合は旋律で波長が合うと、こうして友となり共に歌う仲となるのです」

ホメロンは「ららら」と舞台で声を張り歌うような仕草をする。

話はとても興味深いのだが、いちいち挟み込む演劇が何とかならんものか……。

と思っていたら、あらら本当に歌い始めちゃったよ。歌もうまいんだな。アカペラでも心に染みる。恋焦がれる歌だろうか、歌詞はあまり頭に入ってこないけど彼の声に聞き惚れてしまう。

こう、安心感を与えてくれるというか何か暖かいものに包まれているかのような。

興が乗ったのかハープの旋律が流れ始め彼の声と合わさる。

おお！　春の木漏れ日の下で、うたた寝しているかのような心地よさだ。空腹で、いまかいまかと食事を待ち座っているというのにうつらうつらとしてくる。

心もじんわり温かくなり今なら何があっても許せそうな、そんな気持ちになってきた。

「お待たせいたしました！」

店員の声でハッと現実世界に戻される。

彼女は申し訳なさそうに頭を下げながら、次々に皿を置いていった。

配膳（はいぜん）に伴い、ホメロンの歌と演奏も停止する。俺たちと喋（しゃべ）っていて突然始まったから、彼は彼で自分が何をしていたのか思い出したのだろう。

「失礼いたしました。つい歌い出してしまいました」

「そんなことないよ。これほど癒される歌と音楽は初めてだ」

「歌のみ、ハープのみなら只（ただ）の歌と音楽なのですが、合わさると違うんです」

「そうなんだ、ハープのみでも凄（すご）く良かったよ」

本心からハープのみでも素晴らしいものだったと思った。なので、素直に彼へ感想を告げたら、彼は大仰な仕草で背を反らし右手を高々と掲げたのち胸にあてる。

相変わらず仕草がいちいち濃い……。

「お褒めいただきありがとうございます。歌と音楽が合わさるとバードの真髄を見せることができるんですよ」

「へー、どんなものなの？」

「おっと、せっかくの料理が冷めてしまいます。食べながらでどうぞ」

「俺たちだけ食べてすまない」

「いえいえ。私は先ほど頂いたばかり、お気になさらず」

歌と旋律がセットになると力を発揮する。それがバードだと。

バード、か。音楽を使って戦闘を行うと聞いたことがある。実際にバードの能力を持つ冒険者に会ったことがないからどんな戦い方をするのか謎なままなんだよな。

それはともかくとして、さっきからいい匂いが漂っていてたまらない。

マリーはソワソワしながら俺と食事に視線が行ったり来たりしている。

「食べよう」

「はい！　いただきます！」

「いただきます」

香ばしい匂いがしていたのはエビを半分に割って、チーズと香草を載せオーブンで焼いた感じの料理だった。

ロブスターかな？　これがメインディッシュで、もう一つ小鍋（なべ）がある。鍋は蓋（ふた）がしてあり、蓋の穴から蒸気が出ていた。

まずは一口、エビの方を食べてみよう。

ほ、ほおお！　こいつは伊勢海老（いせえび）にそっくりな味だ。香草やオリーブオイルを使っているので洋風の味付けになっていて、これがエビとよく合う。

川でロブスターのようなエビが獲（と）れちゃうのか。キルハイム近くの川といえば、街から少し北に行ったところに流れている川がある。

あまり大きな川じゃなくて、川幅はせいぜい二十メートルくらいだったかな。二度ほど気分転換をしに釣りへ行ったことがあった。

あの時、もしエビを釣る仕掛けを持って行っていれば、ロブスターが獲れたのかもしれない。くう……、何だか損した気分だ。

続いて、小鍋の方はどんなのかなー。

「スープの方は、このパンを浸して食べるとおいしいです！」

「おお」

「俺もやってみる」

小鍋の中は貝のスープのようだった。お、おお！

一口食べてアサリだと分かった。アサリの味がする別の種なのだろうけど、アサリっぽい味だ。

ニンニクとオリーブオイルにアサリの出汁と唐辛子のような辛みのある香草、あとはタマネギにエシャロット……だと思う。

濃いめの味付けなのでフランスパンを切ったようなパンによく合う。パンはカリカリに焼かれていたが、スープに浸すとちょうど良い硬さになって、それでいて香ばしさもある。

うーん、ロブスターもおいしかったけど、スープも絶品だ！

「アサリも採れるのか、近くの川で」

「いえ、この貝は海からの直送です」

お水のおかわりを持ってきてくれた店員さんが俺の独り言に応えてくれた。

「ええ？　ここまで運ぶのに結構な日数がかかるんじゃ？」

「冷凍保存して運んでくるんです。到着したらそのままの状態で保管しています」

「冷凍保存できる魔道具があるんですか⁉」

「はい、ございますよ」
マ、マジか……！　冷凍庫があるなんて知らなかったぞ⁉
アサリにも驚いたけど、冷凍保存して運んで来ているとは……。俺はこの世界の食に対するパワーを舐めていた。

冒険者をしていると、レストランで使うような業務用魔道具のことを知ることなんてまずない。宿を始めるにあたってその辺りは未調査だったな……。

保冷庫のことはもちろん知っているし、こちらは宿に泊まると部屋にも設置してあるほど普及している。

冷凍庫はどうなんだろう？

俺の疑問を察してくれたのか店員が言葉を続ける。

「あるにはあるのですが、魔道具屋さんに行かれても、まずございません」

「そうだったんですね。どうりで聞いたことがなかったわけです」

「冷凍の魔道具は、とある天才魔道具師様がお作りになられた一品です。これほど素晴らしい品であるにもかかわらず、原価に通常の利益を乗せただけで売ってくださったんです」

「天才魔道具師様……一度会ってみたいものですね」

「残念ながら、少し前にどこか別荘らしきものを建てるとかで街を出ておられます。そのうち戻られるとの噂ですが……」

「そうなのですね、残念です……」

もし、キルハイムの街に在住なら会いに行きたかったところだ。

俺が突然押しかけて会ってくれるかは別として、アプローチするのは自由だもんな。やってみて損はない。

だけど、この街にいないのなら仕方ない。次にキルハイムの街を訪れた時に、この店に寄って魔道具師がいるかどうか聞いてみるとするか。

すぐ忘れてしまうので、ちゃんと覚えておかないと。

じっと考え込む俺を見て、マリーが両手を握りしめ「うんうん」と頷いていた。

「わたし、覚えておきます！」と言ってくれているのだろうか。会いに行きたい、なんて一言も言ってはいないから、俺の勘違いかもしれない。


俺たちが食べている間、「んー」とか謎の感嘆の声を出しながらホメロンがワインを飲んでいた。

腹も膨れてきたところで、彼がワイングラスをことんとテーブルの上に置く。謎の指パッチンはどんな意味があるのか分からんが、気にしないことにしよう。

歌とハープの音色は素晴らしい。それでいいじゃないか。他のことには目をつぶるが良しだよ。

人には誰しも拘りってものがある。俺にも彼にも、もちろんマリーにだって。

彼は少しばかり他の人より拘りが強いだけ。その拘りの強さが素晴らしい歌とハープの音色を育んだのかもしれない。

そう考えると彼の濃すぎる仕草も……ああああああ、やっぱり気になる！

何その髪の毛をいじり、指先をパタパタする仕草。

「ごめん、食べるの待ってもらっちゃって」

動きを止める意味も込めて彼に声をかける。

すると、「んー」と喉を鳴らしたホメロンが人差し指を立てた。

「いえいえ、待っておりませんよ。私はワインを楽しんでいましたので」

「ワインの邪魔をしちゃったかな？」

「ノンノンです。ワインは華麗なるトークによって花開くものです」

「あ、はい」

もう、どうにでもしてくれ。背筋がゾワゾワしてきた。

マリーは平気だろうか？

……問題なかった。彼女は食事に集中して彼の動きなど見ていないようだ。

ホッとすると共に気を取り直すため、カリカリのパンをそのまま齧る。

「歌と旋律の話でしたね」

「聞き惚れたよ。こう心が木漏れ日の下にいるかのような気持ちになって」

何を喋るのか覚えていた彼に若干驚く。そのようなことを露ほども見せず、即座に彼へ再び感想を述べた。

「歌と旋律が合わさるとバードは魔曲を奏でることができるのです」

「魔曲……？」

「そうです。魔曲はいくつかあるのですが、いかな熟練したバードといえども一曲しか奏でることができないのです」

「どんなものなの？　魔曲って」

また「んー」タイムだ。ホメロンが前から回り込むようにして手を動かしワインを口にする。

うん、そう来ると思ったよ。

一番いいところだから、溜（た）めを作ろうってんだろ。

じゃあ俺は硬いパンを齧ることにする。

「バードの魔曲は奏でる本人との相性が肝要なんですよ。私の場合は平和を愛する心。誰しもが心穏やかに争わずに生きて欲しいという願いが魔曲となったのです」

「あ、はい」

またしても達観の返事「あ、はい」が出てしまった。

回りくどくてもどかしい。

「魔曲の名は『ピースメイキング』。曲を聞いたありとあらゆる意思のある生物を鎮めます」

「ありとあらゆる？　それってモンスターもってこと？」

「その通りです。たとえ腹をすかした猛獣であっても『ピースメイキング』を奏でれば、たちまちまどろみの中で幸せに浸ることでしょう」

「すげえ！　魔法みたいだ」

「ですので『魔』曲です」

バサバサフサフサのまつ毛をパチリとやるホメロン。

ちょうど見てしまったようで、マリーの手からスプーンが落ちた。

いいんだよ、マリー。無理やり笑顔を作ろうとしなくたって。

マリーへの助け船の意味を込めて、話題を変えてみるか。

「ホメロンさんの曲をたまたま聞くことができてラッキーだったよ」

「この店か夜は『酔いどれカモメ亭』にいますよ」

「しばらくキルハイムに滞在するつもりなのかな？」

「そうですね。できればずっとキルハイムに滞在したいと思ってます」

「旅の楽士が一つの場所に……何か事情が？」

ガタリとホメロンが勢いよく立ち上がる。

どうやら変なスイッチを押してしまったらしい……。

止まらぬ彼は指先でバラの花を挟む仕草をして憂いの籠った顔で「ほう」と息を吐く。

「よくぞ聞いてくださいました。まさに、まさに、大いなる事情があるのですよ」

「あ、はい」

開いた口が塞がらない俺は、ホメロンの戯曲のような言葉の海に呑まれるのみである。

動作が、そして、語り口が、もう全てが濃い。濃すぎる。

要約すると、キルハイムの楽器屋の娘が何やら体調が悪く、見守りたいということだった。

まとめたら、超短いな。一言で終わる。

だがしかし、ここへ至るまでに軽く十分は経過していた。マリーは演劇を見ているつもりらしく、話に聞き入っていたな。

確かにミュージカルタイプの演劇と捉えれば一人の青年が儚い少女を思う戯曲と見えるかもしれない。

彼の動きはいちいち大きいので、演劇を見ているかのようだしな。

「……そんなわけで、私は彼女を見守りたい」

「前回キルハイムにハープの修理をしに来た時には元気だったんだよね？」

「そうなのです。健康とはなんと儚きことか」

「よ、よろけ方が……何か原因があると思うんだけど、聞いてたりする？」

「そのような恐ろしいことを……私にはとてもできません」

余命宣告を聞かされる、とでも思ってるんだろうか……。何が原因か分からないにしても、どんな風に体調が悪いのか、改善しているのかしていないのか、くらいは分かると思うんだよね。

頭を抱え、のたうち回るホメロンを見たくないのに見てしまう俺。

目を引くってもんじゃねえぞ……。衆目があって恥ずかしい、という感情は彼には微塵もないのだろうな。

もし俺が変なキノコを食べて、人が多い酒場で彼のように振舞ってしまったら二か月くらいは思い出すたびに頭をガンガンと壁に打ち付けそうだよ。

それにしても、いつまで嘆き悲しむんだ？

えええい、全く。

「乗りかかった船だ。その……ええと」

「エリシアのことですか？」

「そう、エリシアさんのいる楽器屋の場所を教えてもらってもいいかな？」

「もちろんです。エリックさんも楽器を嗜むのですね」

「う、うーん。やってみてもいいかも。何がいいかな」

「リュートが人気ですよ。リュートなら嗜む程度ですが、お教えできます」

何故か俺が楽器をやる話になってしまった。

ついてこられてもややこしくなりそうだから、先ず俺とマリーだけで楽器屋に行きたいところだ。

なんて懸念していたが、彼はこの後すぐに『酔いどれカモメ亭』に移動するらしい。

誠に残念ですが、とさめざめと泣く仕草をしていた……。


えー、どうしてこうなったんだ……？

最近、この展開多すぎない？

あの後、ホメロンの想い人（？）であるエリシアさんに会ったところ彼女と共に彼も廃村に来ることになった。

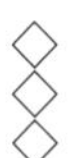

マリーと久しぶりの街を楽しんで廃村に戻ってから忙しない日々が続いている。

俺はといえば、現在宿の二階で大工見習いのキッドに改装の指示を出していた。

「ここでいいかな？　エリックさん」

「うん、魔道具の取り付けもできるの？」

「任せとけって！　魔道具を置いて、ここここを繋ぐだけだからさ」

「ほほー、これだけで動作するのかー」

「兄ちゃん、いちおー、念のためだけど、起動しなきゃならないぞ」

「そ、そんなの当たり前じゃないか」

「ほんとかなー」

大工見習いのキッドは得意気に「へへん」と鼻を擦った態度から一転、疑り深くこちらを覗き込んでくる。

いやだな、もう。保冷の魔道具を動かしたのは俺だぞ。冒険者たるもの魔道具とは切っても切れない関係にあるのだ。

……実を言うと忘れそうだった。

「よっし、終わり。残りも同じ感じでいいかな？」

「うん、頼む」

「後はやっとくよ！　兄ちゃんは忙しいだろうから」

「分かった頼むね。後でマリーか俺が見に来るかも……でも、来なきゃ来ないでそのまま撤収で大丈夫だよ」

「ほーい、任せといて」

ニヒヒ、と笑う彼は少年のようだ。まだあどけなさの残る青年ではあるが、いずれ成熟した大人になることだろう。

ジョエルが、彼とは近い歳であることから友達になりたそうだったたな。

そういえば、もうそろそろ天才錬金術師の家も一段落つくのかな？　外観がようやく完成した程度なので、まだまだかかるかもしれないけど……。

それなら尚更ジョエルとキッドには、友達になって欲しいところ。弟のようなジョエルと接することで、普段大人たちの中で揉まれているキッドとしても良い息抜きになるんじゃないかなって。

あと一回か二回はうちに来てくれると思うから、次の時にでもキッドに声をかけてみようかな。

いや、先にジョエルにいいか悪いか聞いてみなきゃか。彼は極端な人見知りだからね。

などとほのぼのした気分だったが、階下に行くと一人演劇をしている長髪の男の姿でげんなりする。

「エリックさん、良いお店ですね。入り口扉を開けると、ちょうど音が漏れ聞こえてくる広さと構造です」

「見ただけで分かるの？」

「いえ、歩き、手を振り、感じ、そして理解するのです」

「あ、はい」

バサバサまつ毛をこれでもかと動かし、背後にバラの花束の幻影を抱く長髪の男こと旅の楽士ホメロンである。

正直、お客さんが沢山いるところでハープを奏でてくれれば喜んでもらえると思う。俺だって彼のハープの演奏や歌を聞きたい。

もうずっとハープを奏でるか歌を歌っててくれりゃいいのに。

そうそう、この廃村に滞在するからには夜に宿で生演奏をしてもらう約束になっている。普段はこんな彼だけど、演奏中は違うからな……。

「小さな家だけど、二軒準備ができているよ。ポラリスという職人が営む店があるのだけど、彼の店の隣に建ててる」

「な、何と！　エリックさんはかの『赤の魔導士』にも匹敵する大魔法使い殿だったのですか！」

「え……」

「私はあなたと会った翌日に街を発ちましたが、出会った日も含めまだ三日しか経過してません。それなのにもう家が……！　これはきっと大魔術で家がクリエイトされたに違いありません！」

興奮しすぎだろ！　顔、顔が近い！

無言で一歩、いや三歩後ずさりし、いやいやと首を振る。

「俺じゃなくてお友達がやってくれたんだよ」

「あなたの友人が！　まさか赤の魔導士殿、いや、家をとなると『湖の賢者』殿やも」

「想像に任せるよ。そうだ、ラーイの様子はどう？」

「ラーイには美しき太陽の海原とお互い干渉せずと伝えています。数日間でしたら問題ありません」

何その名称……ホメロンのペットである三つ目の犬ことラーイは、ホメロンの家が建つまでカブトムシの厩舎で休んでもらっていた。揉めるようなら軒下かな、とも考えていたけど問題なさそうだな。

テイマーのペットは、普通の人が飼うペットとは異なる。

テイマーとペットは、ある程度の意思疎通をすることができ、仲良くとか不干渉でとか伝えると言うことを聞いてくれるらしい。

俺はテイマーではないけど、すみよんからジャイアントビートルを譲渡されている。

なのでジャイアントビートルは、俺の言うことをある程度理解してくれる。本職じゃない俺でもこれなのだから、本職ともなると、もっと細かな指示もお願いできるんじゃないだろうか。

ジャイアントビートルとラーイが犬猿の仲だったとしてもホメロンのために言うことを聞いてくれている、というわけだな、うん。

「あ、ホメロンさん、ラーイちゃんにも餌をあげてもいいですか？」

ヤギたちの世話を終えたマリーが、宿に戻るなり笑みを浮かべホメロンに尋ねる。

「もちろんです！　何から何までありがとうございます」

背後をキラキラさせるエフェクトが出ているのでは、といった動きで彼は彼女に感謝を伝えた。

「いえ！　ラーイちゃん、とても可愛（かわい）くて癒されます」

マリーはラーイのことは気に入ったらしく、彼をブラッシングしてたんだよね。餌をあげて彼の食べる様子を見て喜んでいたし。

でも、マリー……ご機嫌なところ悪いが、言わなきゃならないことがあるのだ。

「あ、マリー。ラーイは今……」

「お散歩中ですか？　一人でお散歩しちゃって大丈夫でしょうか？　わたしで良ければ……」

「いや、そうじゃなくて……今、ラーイは厩舎で休んでるんだ」

「……厩舎……」

「そう、ジャイアントビートルが鎮座している厩舎。だから、餌はラーイを散歩させる前にしてもらっていいかな？」

「わ、分かりました……！」

ぶんぶんと勢いよく首を縦に振るマリーであった。

しかし、ここでマリーにとっては爆弾が投下された。

「マリーさん、美しき太陽の海原もご一緒させていただけませんか？」

「!?」

「あ、いや、ホメロンさん、ジャイアントビートルはこの後、俺と狩りに出かけるかもだから

「……」

「なるほど。それは散歩どころではありませんね、残念です」

「これから一緒に散歩する機会はあるだろうから、その時にでも……」

マリーもホッとした表情をしていた。

な、なんとかフォローできて良かった。

悪気があって言っているわけではないので、誤魔化すのが俺にできる精一杯だな……。

本当は小屋の様子を見に行こうと思っていたのだが、ホメロンにカブトムシと出かけるかもと言った手前、出かけないわけにもいかず狩りに出た。

といっても、街から戻ってきたばかりで食料の在庫は豊富である。

近場で釣りでもして早めに戻るかな、と思っていたのだけど、ふと思い立ったようにとある場所に来てしまった。

素の状態なら近寄りたくない場所だが、今の俺なら大丈夫。以前すみよんにかけてもらった魔法の効果が続いていて圧迫感がなくなっているからね。

そう、ふらりと寄ったのは東の渓谷だ。高ランク冒険者でも近寄らない魔窟（まくつ）である。

こんなところに何も持たずに来ることができるのは、すみよんくらいのものだ。

東の渓谷の主ことアリアドネとは、すみよんはお友達らしいので彼は東の渓谷に入っても襲われることはない。

俺も彼女とお友達になり、お茶会に誘われた仲なので安全なのである。

「お邪魔しまーす」

『あら、エリックじゃない。訪ねてきてくれるなんて嬉しいわ』

渓谷の入り口に立った途端に背後から気配がしたので、挨拶をしてみた。

すると、ギギギギと喉の奥を鳴らしたアリアドネが迎えてくれる。

「この前もらったコーヒーキノコ。あの黒いキノコを分けてもらえないかなと思って」

『いいわよ』

「代わりと言っては何だけど、納豆を持ってきたよ」

『あら、ありがとう。せっかく来てくれたんだしお茶していく？』

そんなわけで、谷の中腹にあるアリアドネの巣に招かれた。

コーヒーの香りを思い出し、また飲みたくなってさ。この前アリアドネから、おすそ分けされたコーヒーキノコは既に使い切ってしまったし……。

何を隠そう前世の俺は毎日コーヒーを二杯は飲むほどのコーヒー好きで、漂ってくるコーヒーの香りも大好きだったんだ。

コーヒーキノコはキノコなのにコーヒー豆の香りがするし、それを煎じた飲み物はコーヒーそのものと言っても差し支えないほど。

『あら、この白いものは何かしら』

「それは豆腐というものだよ。あと、もう一つこんなのも……」

アリアドネに連れられて彼女の巣に到着するなり、懐から取り出した小瓶をコトンと慎重に石のテーブルへ置く。石だから瓶が割れないように注意しなきゃな。ジャジャーンとばかりに勢いよく置いたら割れてしまうからね。

瓶には琥珀色（こはくいろ）の細かく切った野菜のようなものが入っている。

小瓶を取り、しげしげと下から見るアリアドネだったが、他のところが気になるみたいだ。

額の触角（?）がわさわさ動いて、アレで何かを感じ取っているのかも。

『キノコね。何か加工してあるようだけど、あまり好みのキノコじゃないわ。そのまま食べたことがあるのだけど、食感は嫌いじゃないけど味があまりしないから』

「おお、すぐに分かるとは」

『少しだけ育ててるわ。食べる用じゃなくコレクション用ね』

「コレクション用か。だったら量も少ないのかな？　もしコレクション用でも腐らせるだけのものがあったら分けてくれないかな。それを使って料理を作ってくるから」

『へえ、食べる用なのね。アナタならまあそうか。アナタの作る料理はおいしいわ』

口が耳まで裂け、喉の奥をギギギと鳴らすアリアドネ。

彼女はさっそく瓶を開ける。

彼女は明らかに魔物に位置する人物であるが、人間じゃないからといって対応を変えるつもりは毛頭ない。当初こそ、俺が脆弱な人間だったため怖気が走ったが、そこはまあ仕方ないだろ。

人間と同じように言葉が通じ、敵対的な相手でなければ誰でも会話を試みるつもりだ。

人間と違う種族ならば当然、味に関しても異なる。ちゃんと味見をしてきたものの、彼女の口に合うかどうかは未知数だ。

さて、アリアドネの反応はいかに。

『へえ、悪くないわね。そのまま食べるのと違って加工されていると様変わりするわね。納豆パスタのパスタについている味に似ているわ』

「味をつけたら中々悪くないだろ」

琥珀色のキノコはえのきだけを刻んで、醤油と水あめに清酒を少々入れて煮込んだものである。なめたけもどき、とでも表現したらいいだろうか。

実のところ、みりんを使いたかったのだが鋭意製作中でまだ満足いくものが作れていない。

それでも味としては満足できるものだったから、今回持ってきたんだよね。アリアドネは、キノコなら気に入ってくれるかもと思って。

見たところ、彼女の反応は上々である。

「パスタも持ってきてるから作ろうか？」

『そうね、パスタに交ぜてみようかしら』

とは言ったものの、キッチンはあるのだろうか。

この前、招かれた時には奥のキノコ畑を見せてもらったが、アリアドネが「お茶」を準備してきた場所は確認していない。

聞こうかと思った矢先、彼女は思ってもみないことを口にする。

『アナタのビートルはブルーよね』

「そうだけど、突然どうしたんだ？」

『アナタの料理って火を使うのよね。でも、アナタの特性に火の素養がないように見えるのだけど、どうやるの？』

「確かに火の魔法は使えないけど、火を起こすくらいなら……」

『ニンゲンは色んな道具を使うのね。だったら平気かしら』

「前にお茶を淹(い)れてくれたのは魔法で湯を作っていたの？」

『そうよ。ここにはニンゲンが料理をするようなところはないわ』

何もなくとも鍋(なべ)と携帯燃料に加え砥石(といし)も持っているから、特段困らない。

狩りの時は、いつも野外で料理して食べているわけだし。部屋の中で火を使って大丈夫なのだろうか？

それより、彼女の「ビートルはブルー」という言葉が気になる。

気になったら他に手が付かないのが俺。さっそく聞いてみることにしよう。

「さっき、ビートルの色を聞いてきたけど他の色もあるの？」

『アナタ、ビートルを使役しているのよね？　知らずに使役していたの？』

「すみよんが捕まえてきてくれてさ。詳しくは知らないんだ」

『アナタにはブルーが一番だと思うけど』

「他にどんなビートルがいるの？」

『そうね』

口元に指先を当て、背中の蜘蛛の脚を動かしながらアリアドネがカブトムシの色ごとの違いについて教えてくれた。

まず、俺が騎乗しているカブトムシはジャイアントビートルと言って、色は青だ。青はコンテナを持ち、荷物を運ぶのに便利という特徴を持つ。

次にアリアドネは、オレンジ色のカブトムシについて紹介してくれた。

こいつは前世の知識でいうところのクッキングヒーターのような機能を持っていて、フライパンを載せたら料理に使えるって寸法だ。なるほど、それはそれで便利だな。

他にも緑色と紫色のカブトムシもいるんだそうだ。

緑色は騎乗者と共に周囲の風景に溶け込み、姿を消してくれる能力を持つ。なんと匂いまで遮断してくれるみたいで、完全な隠伏が可能になる。

最後の紫色は唯一戦闘ができるカブトムシで、毒ブレスと強烈な酸攻撃で敵を殲滅することができるんだってさ。

何て恐ろしいカブトムシなんだ……。

すみよんが青を譲渡してくれて本当に良かった。

気になったことは聞けたし、改めてパスタ作りに取り掛かろうとアリアドネに尋ねる。

「煮炊きしてもいい場所はあるかな？」

『ここでどうかしら？』

彼女が手を振ると暗褐色の岩の塊が出現する。続いてパチリと指を合わす動作と同時に背中の蜘蛛の脚が動く。

すると、何ということでしょう！

立派なキッチンテーブルとなったではないか。外で煮炊きする時に欠かせない台座もちゃんと二つついている。

しかもこの台座、棒を置いた時にずれないよう窪みまであるじゃないか。一体どうやって……なんてことは考えない。

世の中、俺の知らないことの方が遥かに多いし。

でも、つい考えてしまう。

空間魔法で岩を出した？　じゃあ加工はどうした？　元々既にキッチンテーブルは存在していて幻影魔法か何かで見えなくしていた？

そういや、一部高位の魔物の中には結界を構築し、その中では普段より数倍の力を発揮できたりする種も存在するとかおとぎ話で読んだことがある。

ここはアリアドネの巣であるからして、彼女の部屋に結界が張られていても不思議ではないよな。

考えないでおこうとしても、どうしても何か浮かんでくる小市民な俺であった。しかも、まるでまとまらないのである。

取り留めのない思考とはまさにこのこと。全く自慢にはならないけどね！

「ははは」と心の中で苦笑しつつ、カブトムシコンテナを開ける。

馬だと渓谷のキツイ傾斜を下ることは難しい。でも、カブトムシなら平気なのである。

なので渓谷の中腹にある彼女の部屋にまで来ることも容易いことだ。ただし、俺が騎乗していると、カブトムシは平気でも俺が落ちそうになるから注意が必要である。

降りて自分の足で崖を下った方が安全……と思う。が、ついスリルがあってカブトムシに騎乗したまま移動したくなるんだよね。

ともあれ、コンテナに入れた必要な荷物の位置は大体覚えているので手を伸ばし、掴……む？

何だこの生暖かい感触。肉は入っていたかもしれないけど、ナマモノはさすがに……。

何だろうと覗き込むと、真ん丸の黒い瞳と目が合った。

「すみよんでえす」

「び、びっくりした。いつのまに乗り込んでたんだよ」

掴んだのはどうやらワオキツネザルのお腹だった。お腹ならそら生暖かいわな、と納得する。

尻尾じゃなく、むんずとお腹をダイレクトアタックするとは。

カブトムシのコンテナは左右に一か所ずつあって、狩りで得た獲物や採集物を収納する時は主に左側を使っている。

右側は調理器具とか予備の武器なんかが収納してあって、出かける前にチェックをしないことも多い。

もっとも、大量に採集ができた時とか大物が狩れた時なんかは右側も使う。

この前、北の湖に行った時は両方のコンテナがパンパンになった。

今回は、もちろん調理器具を入れている右のコンテナをチェックしていない。

ホメロンの前で口が滑ってしまった結果ふらりと出てきたわけだ。

だから、チェックをしていなかったし、すみよんがコンテナに潜んでいたのが分からなかったのも仕方ない。

……元々コンテナの中にいたかどうかは、すみよんのみぞ知る。彼は突然俺の頭の上に出現したこともあったので、今ここに現れた可能性もあるのだ。

恐ろしいことに。

頭の中がグルグルしている俺のことなど知る由もなく、すみよんは長い尻尾を俺の腕に絡ませ肩まで登って来た。

「アリアドネの巣は渓谷全体でえす」

「唐突に何だよ……」

「さっきからキョロキョロ落ち着かなそうだったのでえ。どこからどこまでとか気になっているのかと」

「ん、渓谷全体が彼女の縄張りってことは知っているぞ」

「縄張りではなく『巣』ですよー」

「よくわからん……」

「アリアドネが許可しているので、すみよんがいたんですよ」

ますます分からなくなったぞ。

すみよんはこっちに知識がある前提で喋ってくる上に、単語の使い方が独特で一貫性がない。

なので、何を言いたいのか推測ができないのだ。

突っ込んで聞いてもいいのだけど、理解できたことは少ない。

ので、アリアドネと同じくそういうものだと達観することにしている。

そんな謎多きもう一方である巣の主が、小首を傾げワオキツネザルに目を向けた。

『あら、すみよんも食べていくの？』

「リンゴがいいでえす」

『あの赤い果実ね。勝手に持って行ってもいいわよ』

「持って行きますー。その間にエリックさーん」

「また突然だな、どうした？」

「そのくさーいの、ちゃんと食べ終えてください」

くさーいのって、納豆のことか。

藁に包んだ状態だったらそれほど臭わないのだけど、料理にしたら結構臭いがする。

これから調理なのだけど、食べ終えてくれって中々な無茶ぶりだよな。

そもそも、なんでここにすみよんが？

確か、彼のお気に入りの果物が渓谷にあるんだったかな……？　どこにあるのか知らないのだけど……。

それを取りに、渓谷に来たのかな？　まあ、別にいいんだけどさ。

「あ、待って。すみよん」

「何ですかー」

「ジャイアントビートルの分も取ってきてもらっていいかな？」

「いいですよー。尻尾がありますからー」

尻尾でもリンゴを掴むことができる、ってことだろうな。

縞々（しましま）の長い尻尾を、くるんとするすみよん。


『うん、ニンゲンの……ううん、エリックの技術は大したものだわ』

「納豆パスタを気に入ってくれて俺も嬉（うれ）しいよ。俺は好きなんだけど、宿のみんなはあんまり好きじゃないみたいでさ」

『そうなの？　匂いが独特と言っていたわね。ワタシはキノコの香りで満足だけど』

「俺も気にならない」

納豆パスタを楽しむ俺とアリアドネ。

小瓶に入れた、なめたけもどきを載せて味のアクセントにしてみたら、よりおいしくなったな。

彼女も、なめたけもどきを気に入ってくれたようで、『へえ、あの味のないキノコが』と驚いた様子だった。

『ごちそうさま』

「まだまだ材料はあるけど、お腹の具合はどう？」

『ワタシにとってはお茶と同じよ。味を楽しめればいいの』

「量は気にしないものなの？」

『そうね。巣から離れる場合は、もう少し食べなきゃいけないわね。でも、食べるといってもアナタが食べるような食事とは少し異なるわ』

「種族が違うものな。そこは仕方ない」

『うーん。アナタが想像する「食事」とちょっと違うわ』

「巣とか、食事とか、秘密のことじゃなかったら俺にも理解できるように説明してくれると嬉しい」

『特に秘め事ではないわよ。そうね、すみよんが戻って来るまで少しお話ししましょうか』

そう言って席を立ったアリアドネは、すぐにカップとコーヒーキノコを持って戻って来る。

コーヒーキノコはインスタントコーヒーのように溶かして飲むこともできるのかな？

どうやら淹れ方を見せてくれるらしい。俺はフィルターで濾して飲んでいたので、どのような作り方をするのか興味深い。

これが巣と食事に何か関係があるのかな？　まるで想像できないが……。

『アナタがキノコを食べる時はさっきの納豆パスタのように口に入れて消化するわよね』

「うん。アリアドネも同じように食べていたよね」

『そうね。口から食べるのは味を楽しむため。だけど、効率が悪いの。ニンゲンはどうか分からないけど、ワタシの場合はキノコを口から食べて消化したらキノコのエネルギーを一割も吸収できないわ』

「人間も似たようなものだよ。だけど、消化してエネルギー……栄養にできる成分なんて微々たるものだろ」

『ワタシはそうしないわ。「食事」をするのなら、こうするの』

すりつぶしていない収穫したままの姿のコーヒーキノコを一つ、指で挟むアリアドネ。

すると、コーヒーキノコは灰のようになり、パラパラと粉がテーブルに落ちる。

「粉に触っても大丈夫かな？」

『もちろんよ。だけど、その粉には何も残っていないわ』

「キノコのエネルギーそのものを指先から吸収した、って感じかな？」

『そんなところよ。ワタシは肉を食べないから、こうして食事をしなきゃ大量に食料が必要になっちゃうでしょ？』

「どれくらいエネルギーが必要なのか分からないけど、とんでもなく効率が良さそうだ。でも、味気なさすぎるよな……」

『分かってるじゃない。だから、口で味を楽しむのよ』

喉（のど）の奥をギギギギと鳴らすアリアドネは、ピンと指先を弾く。

今度は空のカップにコーヒーがなみなみと注（つ）がれた。湯気を立てるカップに目を丸くする。

一体どこから湯が？　それに、さっきまであったコーヒーキノコが一つなくなっている。

想像するに、キノコをすりつぶし、お湯をどこからか持ってきてカップに注いだのだろう。

その間、一秒未満という早業。何が何やらである。

『これが「巣」の力よ』

「巣って縄張りとは異なるの？」

『うーん。アナタの言う「縄張り」が、どのようなものか分からないから何とも言えないわ』

「えっと、渓谷全体が自分の家みたいなものって意味なんだけど……」

『きっとワタシとアナタの家や巣、縄張りの意味が異なるわ。そうね、巣とは何か、をまずは説明するわね』

お、おおお！

すみよんと違って、ちゃんと説明までしてくれるなんて、アリアドネに聞いてよかった！

俺の知り合いの中だと、スフィアならこういったことも知ってそうだよな。

彼女に聞いてみても良かったけど、これまでは酒の話ばかりしていたからな……。たまには違う話をするのも知見を広げるのに良いかもしれない。

もっとも、酔っ払っていなかったらの話であるが。

『頭の中で整理はできたかしら？』

「う、うん」

アリアドネの指摘にドキリとした。まさか酔っ払いのことを考えてたなんて言えやしない。

頷(うなず)く俺を見て、アリアドネが背中の蜘蛛(くも)の脚をカサリと動かし言葉を続ける。

『どのような生物でも自分の「生活範囲」というものを持っているわ。でも、生活範囲には他の生物もいることが普通よね』

「生活範囲ってのは、イノシシが餌を食べるために巡回する範囲みたいなもの？」

『そうね。イノシシは餌をとるために山を駆けまわるわ。そして、どこかなるべく安全なところで眠る』

「俺の認識だと、その眠る場所が『巣』なんだ。人間だと『家』になるのかな」

『そういうことね、理解したわ』

良かった、どうやら彼女に通じた様子。

「アリアドネの言う『巣』と人間の『家』とイノシシの『眠る場所』は異なるんだよな？」

俺の方は、まだ理解ができていないけど、次の彼女の言葉を聞けば分かるはず……！

『そうよ。ニンゲンはどうなのか分からないけど、ワタシの「巣」とは完全なる排他的な空間よ』

「また理解が……」

『あはは、順番に階段を登ればいいじゃない。登ったつもりになっているより全然マシよ。ニンゲンでたとえるから分からなくなるのよ。イノシシの眠る場所で想像してみて』

一旦(いったん)、家のことは措(お)いといて、ってことだな。

間抜けな顔をしたイノシシが木の根元にある隙間に潜り、どてんと転がるところを思い浮かべ……。

「……よっし、想像した。イノシシがすやすやと眠っている」

『眠っている間にダークウルフに襲われるかもしれない。「なるべく」安全な場所とはいえ外敵に襲撃されるおそれがあるでしょ』

「確かに。だけど、どの場所だってそうなんじゃないかな」

『「巣」は違うわ』

「そこが理解できないんだよ。渓谷に城壁があるわけでもないし、鳥型モンスターでも獣型モンスターでも虫型モンスターでも入ろうと思えば侵入することができるだろ？」

『あ、ワタシもアナタが理解できない点が分かったわ』

アリアドネがくるりと指をまわすと可愛らしい手の平サイズの木箱が突如出現した。

またしても唐突に出てきた物体に固まる俺。

対する彼女は『あはは』と笑い、ギギギギと喉の奥を鳴らしている。

『巣を構築した人は巣の中で絶対者となるのよ』

「その箱を出したのも？」

『そうよ。巣の中にあるものだったら自由に動かせるわ。ワタシは植物とは異なるから太陽の光から力を得ることはできない。でも、巣に降り注ぐ光はエネルギーになるし、谷の底から湧き出る熱水もワタシの力になるのよ』

「強力な結界……みたいなものか」

『結界がどういうものか分からないけど、巣に入ろうとしたありとあらゆる生物は感知できるわ。

そこでマーキングした生物に対しては巣から離れても追いかけることができるの』

「それで、俺の宿にアリアドネの気配が」

『誤解をしていたら困るから言っておくけど、ワタシは最初からアナタに敵対的な意思を持っていなかったわよ。すみよんのお友達だと聞いていたし』

「分かってるよ。単に生物的な強さが違いすぎて、俺が勝手に恐れおののいていただけだよ」

自分で言って悲しい事実。

巣の話を聞いているだけでも、彼女の力がどれだけ強大かが分かる。

もし冒険者ギルドでランクを付けるとしたら間違いなく最高ランクの魔物となることだろう。

もっとも、彼女が冒険者ギルドの討伐対象になることはまずない。なので、ランクが付けられることもこの先有り得ないことではあるが……。

討伐対象になるモンスターや魔物は人間の生活圏を脅かす存在が対象になるんだ。

彼女は巣の防衛以外で人間を脅かすことはない。

『巣が完全なる排他的な空間だということは何となく分かった？』

「巣の主は巣の中で絶対者となる。巣の外だと自分より強い相手であっても、巣の中だと話は別。どれほど強力なドラゴンであっても巣を脅かすことはできない。だから、巣は完全なる排他的な空間……つまり絶対的な安全を確保した空間となる……であってる？」

『そんなところね、よくできました。でも、ドラゴンをたとえにするのをワタシ以外の蜘蛛の前ではやめておいた方がいいわよ』

「敵対種族なの？」

『そうね。伝統的に、ね。ワタシはどうでもいいのだけど……。ここで楽しく暮らすことができれば、それでいいのよ』

「ふう」と愛らしくため息をつき、蜘蛛の脚を前に傾けるアリアドネ。

彼女は人型だから亜人の一種なのかもと思ったが、蜘蛛系の一種かな。

しかし、そもそも亜人ってカテゴリーは何なのだろう。マリーのような獣人系やエルフ、ドワーフ、それにコビトたちも亜人にカテゴライズされる。

蜘蛛系ならアリアドネは亜人じゃなく魔物にカテゴライズされると思うんだけど……。

といってもギルドや国が勝手に決めていることだから、亜人だからって友好的なわけじゃないし、魔物だからって敵対的ってわけじゃない。

この辺り、曖昧（あいまい）でセンシティブなところがあるからな……あまり深く突っ込まない方が無難である。自ら名乗った場合は別だけどね。

亜人や魔物などのカテゴリーで相手の気持ちを害すほど残念なことはないからな。

「戻りましたー」

「うお！　どこから出てきたんだよ」

「天井からすとーんとですよー」

「わざわざ天井から来なくてもいいだろうに」

「さーぷらいずでえす。エリックさん、こういうの好きでしょー」

「いつ好きだと言ったんだ……」

「心臓がばくばくするのがいいんですよねー。スフィアと楽しんでいたじゃないですかー」

「誤解を招く発言はやめてもらいたい」

酔っ払った時のスフィアに絡まれた時のドキドキは嬉しいドキドキじゃないんだよ！

それに、驚かされればドキドキするのは間違っていないけど、嬉しいドキドキじゃないだろ……。

まあ、すみよんだし、彼なりに俺を喜ばせようとした点だけありがたく受け取ることにしよう。

しかめっ面を崩し、彼の真ん丸の黒い瞳へ目をやる。

対する彼は縞々の長い尻尾で掴んだリンゴをテーブルの上に置く。カブトムシの分だよな、ありがたく頂くことにしよう。

「何か難しいことを議論していたようですねー」

「もう話は終わったよ」

「蜘蛛と蛇は仲が悪かったんですよー」

と、唐突だな。ドラゴンと蜘蛛の話をしていたのに蛇と蜘蛛の話になるとは。いや、分かるんだけど、一般的に蛇と言われてドラゴンを想像しないよな。

すみよんやアリアドネの表現する蛇はいわゆるスネークのことだけじゃない。

蛇という旗を掲げる一族全部のことを指す。その中にはドラゴンがいたり、ヒリュウがいたりする。

つまり、蜘蛛側であるアリアドネと蛇側であるドラゴンの仲が悪かったってことだ。

「別にアリアドネに何かあるわけじゃないんだよな。もちろん俺たちにも。だったら特に問題にすることじゃないかな」

「そうですねー。エリックさーんならえんかうーんとしても蜘蛛から襲われることはないでしょうー。蛇だったら気を付けて全力で逃げてくださいねー」

「会ったこともないから、これからも多分会わないって」

「そうだといいですねー。すみよんと一緒じゃない時は気を付けてくださいねー」

「この話はもうこれで終わりにしよう……」

「いいんですかー。蛇について聞かなくても？」

ブンブンと首を縦に振る。なんかさ、聞くと出会いそうな気がするんだよね。蛇とやらと。ドラゴンが蛇に含まれることだけは分かった。ドラゴンという単語だけでも物騒すぎるし、すぐに蛇のことは忘れたい所存であります。

『その昔、そうね、エリックはニンゲンだからアナタが生まれるずっと前かしら』

語り始めちゃったんだけど……。俺、話は終わりにしようって言わなかったっけ？

自分の言ったことを振り返ってみると、すみよんには言ったがアリアドネには言ってない。

いやいや、隣で俺とすみよんの会話を聞いていたよね？　コーヒーを飲みながら、うふふと微笑(ほほえ)みながら聞いてたよね？

俺の想いをよそに彼女の話は続く。

『「星の間」という場所をめぐって争って最終的に残ったのは蜘蛛と蛇だったわ』

切り換えようと思って自分の気持ちを落ち着かせるためコーヒーを飲む。

コーヒーを飲むと落ち着くんだよね。何か鎮静的な成分が含まれているのかもしれない。

聞きたくなかったけど、アリアドネが話す内容に何やら面白そうな気配が……。一つの場所をめぐって争い、他種族を蹴落として蜘蛛と蛇が残ったのか。

『長きにわたる闘争は終わらない。戦えば戦うほどお互いに戦巧者になっていってね。蛇は個々の力を伸ばしたりしたけど、蜘蛛も同じ。延々と闘争を続けたわ。でも、突如争いは終わるの』

「ついに勝利者が？」

アリアドネは憂いをもって首を横に振る。

『恋焦がれた「星の間」が突如消えてしまったの。それで争いは終わり。蜘蛛と蛇が長年闘争を続けた意味も理由もなくなっちゃったのよ。だから今は争う理由なんてないの。長年の争いの歴史があるからか、蜘蛛と蛇はあまり仲が良くないのよ』

「そらまあ、そうだよな」

『でも安心して。ニンゲンは蜘蛛と蛇の闘争に関係ないでしょ。だからアナタは心配しなくていいわ』

「分かった。話をしてくれてありがとう」

『餌として認識されたら話は別だけどね』

アリアドネが『あはは』と愉快そうにギギギと喉の奥を鳴らして笑うが、笑いごとじゃないってば。

滞在時間はそんなに長くないけど、話の内容が濃すぎて丸一日いたような気持ちになった。

「ありがとう。コーヒーキノコをこんなにもらっちゃって。それに、新しいお茶も」

『アナタと同じ理由よ。納豆パスタをおいしく食べるのは自分だけと言っていたでしょ』

ギギギと喉の奥を鳴らすアリアドネが、俺に微笑みかける。

ギギギって音にも、もうすっかり慣れた。今ではむしろ、ギギギと音を鳴らしてくれた方が安心するほどだ。

会話のキャッチボールに笑顔や笑い声ってのは重要だろ。彼女にとって微笑んだり笑うという行為がギギギと音を鳴らすことなんだから、ギギギと音を鳴らしてくれたら楽しんでくれたのかなって思えてさ。

「渓谷にはアリアドネしかコーヒーキノコを嗜(たしな)む人はいないの？」

『そうね、ニンゲンと会話できる子も殆(ほとん)どいないわ』

「へえ、でもアリアドネみたいな人が他にもいるんだ」

『ワタシとそっくりな見た目の子はいないわ。連れて行ってもいいわよ。またここに来るときに連れて来てくれれば』

「いや、そんな、本人にも確認していないし……」

『あら、問題ないわよ。ニンゲンに興味のある子だもの。だけど、ニンゲンの集落に行かせるわけにはいかないでしょ？』

「そういうことなら……」

一体どんな人が来るんだろう？　ドキドキだけど彼女の紹介なら、場を乱すような子ではないんだろうけど……。

宿に来たいというなら拒むつもりはない。彼女にはお世話になっているので、これから紹介してくれる子は精一杯歓待するつもりだ。

『あと、ジャイアントビートルが気に入っているところ、聞くか悩んだのだけど……。ワタシもアナタに騎乗生物を提供することができるわ』

「ジャイアントビートルがいるから大丈夫かな。俺一人だしさ」

『そう。候補は何体かいるから一応、覚えておくだけ覚えておいて』

「分かった。何から何までありがとう！」

お礼を述べるとアリアドネは蜘蛛（くも）の脚を動かし口元に手を当てる。

『あら、ごめんなさい。お喋（しゃべ）りが過ぎてしまったわね』

「そんなことないって。沢山話ができて楽しかったよ」

アリアドネが指先をパチリとしたら、またしても何かが出てきた。今度は生き物のようだ。

宙に浮いたそれ……いや、女の子でいいのか？　彼女はコビト族より少し小さいくらいの人型だった。

トンボのような形の羽が三対に黄色いチョウチョのような触角が頭から生えている。

ピーターパンが着ているような、袖（そで）がギザギザになったチュニックを纏（まと）っていた。腰の紐（ひも）は鮮やかなオレンジで服は淡いピンク色。

髪の毛は長く黄緑色で、ビスクドールのように愛らしい幼い顔をしていた。

妖精……のようにも見えるけど、ところどころに虫要素がある。そんな見た目だ。

「この子は？」

「えむりんだよー」

「俺はエリック、よろしくね」

妖精っぽい女の子が、にこーっと微笑み両手をぶんぶん振った。

「うんー、えりっくー、よろしくされるー」

天真爛漫な無邪気さに、何だか子供を相手にしているような気持ちになる。

『彼女はインセクトフェアリーよ。食べ物は花の蜜と太陽の光、アナタの住んでいる建物なら日当たりが良さそうだから大丈夫よ』

「猫や犬は平気かな？」

アリアドネの補足説明で食べ物のことは分かった。花の蜜なら問題ないな。

しかし、宿には猫たちや滞在中のホメロンの犬もいるし、インセクトフェアリーに万が一があっては困る。

俺の質問に対し、アリアドネは蜘蛛の脚を左右に振り呆れた様子である。

『この子がそんなに凶暴そうに見える？』

「いや、とてもほのぼのしてて癒されるよ」

『あはは。アナタの懸念していることが分かったわ。まず有り得ないけど、ジャイアントビートルやアナタのところにいる大きな三つ目の犬が食べようとしてきても平気よ。この子は平和的な解決をするでしょうから』

「こんな、か弱そうなのにすごいんだな……」

『相手を傷つける力はないけれど、傷つけられない力はあるわよ。だいたい分かった？』

「分かった」

相手を無力化する力か隠れる力に特化してるってことだよな？

おーけー、エリックくん、完全に理解した。

「いこー、えむりん、おなかいっぱいだからー」

「おー。俺も食べたばかりだし、お腹一杯だよ」

「おなじだねー」

「おうー」

インセクトフェアリーのえむりんが右手をあげるとトンボのような羽から鱗粉（りんぷん）が振りまかれる。

鱗粉は太陽の光に反射してエメラルドグリーンの光を放つ。彼女の髪色にそっくりだ。

パタパタと羽を揺らし鱗粉を振り撒（ま）きながら宙を舞う彼女が、俺の肩にちょこんと腰掛ける。

対抗するかのように、すみよんが俺の体を登り反対側の肩に乗った。

両肩に動物とフェアリーを乗せる俺って一体……。動物王国の主みたいだな、と変なことを考えつつ二人を肩に乗せたままカブトムシにまたがる。

「ビワ、ビワが食べたいでえす」

「ついでにビワを採って帰ろうか」

「行きましょうー」

「いこー」

ビワを所望するすみよんに応じると、えむりんも右手をあげ楽しそうに微笑む。

ビワの木は渓谷からの帰り道にあるため、毎度採取するのが定番になっていた。

ついでに、えむりんがどんな花の蜜が好きなのか道すがら聞いてみることにしよう。ちょうど気に入る花があったらいいな。

「エリックさーん、リンゴいっぱい入れましたー」

「え？」

走り始めてすぐに、すみよんがそんなことをのたまうのでカブトムシを止め、コンテナを開け……。

「うお！」

「いっぱいでーす」

「いやいや、これもうビワが入らないじゃないか」

「食べればいいんですよー」

食べられないってば、と突っ込むことをせず大人な俺はもう一方のコンテナを開け……。

「うお！　何このデジャブ」

「いっぱいでーす」

「いやいや、満杯だともうビワが入らないってば」

「食べればいいんですよー」

食べられたとしても、せいぜい五～六個だろ。その隙間にビワを……って殆ど入らないじゃないか。

カブトムシの積載量にあぐらをかいた俺は、リュックなんてものを持ってきていない。

両手はカブトムシの角を握るから空かないし、すみよんは持てても三個程度。えむりんは一個持ったら動けなくなりそうだし。

「帰ろうか」

「ビワ、ビワが欲しいでえす」

「倉庫にまだあるから」

「仕方ないですねー」

あははと笑い合いながら、カブトムシが険しい道を進んで行く。

「か、可愛いです」
「かわいいじゃなくて、えむりんだよー」

「も、もう、わたし、メロメロです」

「めろめろじゃないよ、えむりんだよー」

自分の両手をギュッと握りながら悶えるマリーは、もうたまらないといった感じだ。

まず、えむりんの見た目にキュンときたようで、彼女と会話をすることで更にキュンが増したらしい。

帰るなりマリーがパタパタとやって来てカブトムシに体を硬直させつつも「おかえりなさい！」と元気よく迎えてくれた。

マリーの対応に興味を惹かれたのか、えむりんが彼女の周りをくるくると飛び、トンボのような羽から鱗粉を振りまく。

一部がマリーの口元に触れたようで、彼女の顔色がぱああっと変わり頬をピンク色に染める。

「エリックさん、甘いです！」

「リンゴは甘いでーす」

「すみよんさん、リンゴじゃないです。えむりんちゃんから振りまかれた粉（？）が甘いんです」

「そうなんですかー。リンゴじゃないんですかあ」

甘いという言葉に反応したすみよんが尻尾で掴んだリンゴを掲げたものの、マリーの答えは違った。

そんなことなど気にもしないすみよんは、リンゴを口元に運びシャリシャリと食べ始める。

「マリー、鱗粉が甘いって？」

「はい！　そうなんです！　エリックさんも……あれ」

「どうやらすぐに昇華して消えてしまうみたいだな」

「残念です」

心底残念そうに猫耳をペタンとさせるマリーを不思議そうな顔で見つめるえむりん。

ちょいちょいとえむりんを手招きすると、彼女は素直にパタパタと俺の下に寄って来る。

「ちょっと俺の顔の上で飛んでくれるか？」

「えむりんは食べられないよー」

「食べない食べない。口を開けているのは、えむりんを食べるためじゃないから」

「わかったー」

えむりんがパタパタと飛ぶと鱗粉が口の中に入った。

お、おお！

「甘い！　これ、砂糖にそっくりだ！」

「お砂糖ってこんな味なんですね！　ハチミツより甘さだけが凝縮されたような甘さとでも言えばいいのでしょうか……」

「砂糖は高級品だし、宿で出すにはちょっとな……って思ってたんだよね」

「そうですよね。お砂糖を買うならお肉を沢山買ったほうがお腹も膨れますし……」

確かにマリーの言う通りだけど、腹を膨らませる以外にも楽しみ方ってあると思うんだ。

甘いと顔をほころばせる彼女の顔を見て、改めて考えさせられた。

「そうだ、マリー。宿で頑張ったご褒美にってことで、今度街に行った時に砂糖を使ったお菓子を食べる、ってのはどうかな？」

「ほんとですか！　楽しみです！」

これほど喜んでくれるなら、お高くても次回キルハイム訪問の際には砂糖菓子か砂糖を使ったケーキを買おう。

俺も久々に砂糖を使ったお菓子を食べてみたい。

久々とは言ったが、今世では一度も食べた記憶がないんだよね。砂糖の記憶は前世にまで遡らなきゃならない。

前世ではしょっちゅう食べてたんだが、世界の事情が異なるので致し方あるまいて。

「えむりん、羽をパタパタした時に出る粉（？）は、やっぱりすぐ消えちゃうのかな？」

「うんー。べとべとにはならないのー」

「そっか。ベトベト……確かに甘いから普通ならそうなるけど、この粉（？）はならないのか」

「えへへー」

いいのやら悪いのやら、だな。

砂糖で考えてみたら動くたびに砂糖を振りまいてると、ベトベトになるばかりか虫がたかってきて大変なことになりそうだ。

えむりんが意識して鱗粉を出しているわけじゃなさそうだから、鱗粉がすぐに昇華し空気中に消えた方が周囲に影響がない。

調味料に使えるかなと思ったけど、中々難しいかもな。

ドガアアアン。


そんなことを考えていたら、物凄(ものすご)い勢いでグレゴールによって扉が開かれる。

「話は聞かせてもらったよ！　甘いのだね、甘いのだね⁉」

えむりんとすみよんは我関せずなようだが、俺とマリーは突然の音に一瞬体が固まる。

マリーはどうしていいのかオロオロしており、俺は面倒な人物ナンバー2にやれやれどうしたものか、と頭を悩ます。

相手をしないわけにもいかないよな……ご近所さんなわけだし。

「錬金術屋は完成したんですか？」

「錬金術屋？　違うとも、工房だよ、工房。工房とは神聖な場所でね、そうだね、チミのキッチンみたいなものだよ。そうそう、キッチンと言えば……」

変なトリガーを引いてしまったらしい。

無難なセリフだと思ったが、天才錬金術師の琴線はどこにあるやら……。

喋(しゃべ)り続ける彼の言葉を右から左に流していたら、ようやく話が途切れた。

も、もういいかな？　今度は間違えないぞ！

「工房は完成したんですか？」

「もう少しかかるね、かかっちゃうんだね。そうそう、チミ、話は聞かせてもらったよ！」

「え、えっと……」

「甘いと言っていたではないか。甘い、うん、いいね、いいね！　甘いはいい！　ぱりぱりしているのかね？」

「パリパリはしてないです……どちらかと言えばふわっと？」

「おおおおお！　ふわっとかね⁉　ふわっと！　それはどこに？」

えええ、何か紹介したくない。

可愛らしいえむりんと、この濃すぎる天才錬金術師……いや自称天才錬金術師様と並ぶ絵面を見たくない。

しかし残念なことに、えむりんは純粋である。

「ここだよー。おじさんもたべるのー？」

「食べるぞ、食べるとも！　ふわっとを！」

「おくちあーん」

「あーん。ふぉ、ふぉぉふぉぉふぉぉ！　なるほどなるほど、ふわっとしておるね、ふわっと！」

見たくない絵面がすぐにやって来たあああ！

奇妙さを通り越しシュールな芸術のような絵面になった。

興奮する錬金術師様は血が出るほど頭をかきむしり、倒れそうなくらいに背を反らす。

「すぐきえちゃうんだよー」

「ほ、ふぉふぉ、お、そいつはレアだね、レアってやつだね！　淡雪のごとく。しかしだね、淡雪は特製の箱で保管できるのだよ、チミのふわっとも保管できないかね」

「どうなのー？」

そこで俺に振ってくるのかよ、えむりん。

俺に分かるわけじゃないじゃないか。しかし、一つ聞き捨てならない言葉があった。

「淡雪を保管できるとは、何か発明したんですか？」

「そうだとも！　錬金術師たるもの魔道具にも精通していなければならないのだよ。この私にかかればふぉふぉふぉふぉ、だよ」

ふぉふぉふぉ、ってどういうことなんだよ！

なんて聞いても疲れるだけなので、聞き方を変えてみる。

「その発明品って持ってきているんですか？」

「一つあるよ、あるとも。使ってはいないがね、持ってくるかね？」

「お願いします」

「チミもお目が高い。私の錬金術だけでなく魔道具もとは！　待っていたまえ、運ばせよう」

高笑いをあげながら扉をバーンと開けようとして既に開いていたため空振りし、よろけるグレゴール。

何で俺の周りには濃い人ばっか集まるんだ……？

少しして大工たちのリーダーであるアブラーンと仲間の屈強な大工三人がかりで、大きな箱が運び込まれてきた。

なんだこれ、金庫？　レトロな漫画で出て来るような鉄の金庫風の箱はゆっくりと床に置かれたにもかかわらずドシンと音がした気がする。

筋肉質な大人四人でやっと運ぶことができる重量がある箱を、食事スペースの真ん中に置かれても困るんだよな……。

俺一人じゃ動かすこともできなそうだし、ライザがいれば魔法で運ぶのを手伝ってもらうのだが、残念ながら彼女は今いないし……。

「あちらに置いてもらっていいですか？」

「承知です！　運ぶぞ！」

引っ越し屋かよ！　と思わせるノリで、アブラーンが指示を出すとテキパキと動く大工たち。

「ありがとうございます」

「では、これにて」

「え、えっと……」

「主人は、その、察してください」

あ、うん。

言い辛そうにするアブラーンに対し、大人の対応をする俺であった。

静かな音色が宿の一階に鳴り響く。

内装や出す料理はいつもとそう変わらないのだが、音楽があるだけで別の店に来たかのようだ。

……なんて思っていた時が僕にもありました。

「次、お魚追加ですー。その次はチャーハンですー。こっちは清酒ににごり酒です！」

「分かった、もうすぐ肉の方があがる！」

目が回るとはこのことだ。一人でキッチンを回す俺も大変だけど、俺がキッチンに引っ込むとホールがマリーだけになる。

彼女も彼女でひっきりなしにくるオーダーにてんてこ舞いになっているようだ。

これで客室が四つしかないのだから、更に客室が増えるとどうなることやら……。

と思ったが、レストランに関しては宿泊客以外も入れるようにしている。ありがたいことに泊まれなくとも食事だけでも、と申し出てくれるお客さんがいるからだ。

最初はお客さんがせっかく来てくれたのに宿泊させてあげられないことを気にして渋っていたのだけど、怪我もしてないし食事が楽しみでここに来たから、と言ってくれたから食事のみのお客さんも入れるようになったんだ。

リピーターの冒険者から別の冒険者に情報が伝わったこともあり、今ではほぼ毎日食事だけのお客さんが来るほどにまで成長した。

あ、あくまでこの宿の売りは回復する宿なはずなんだけどな……。

だから、客室を増やそうとしているわけでもあり……。

「エリックさーん」

「おお、もうちっとだけ待ってー」

余計なことを考えている場合じゃねえ！

今はただ無心に料理を作り、お客さんに提供するべし。

フリフリ動くマリーの尻尾を眺めながら必死に手を動かす。

残念なことにホメロンが奏でる音色は、忙しすぎた俺の耳には一切届いて来ず……。

ようやく耳を傾けることができるようになった頃には、既にレストランの営業が終わりを迎えようとしていた。

「ごめん、明日改めて聞かせてもらうよ」

「いえ。ハープを奏で、みなさんが楽しんでくださいましたのでこれ以上のことはありませんとも」

「これ、今晩の差し入れ。明日はエリシアさんも交えて一緒に」

「いえ、エリシアは早寝なのです。明るいうちでいかがでしょうか？」

「確かに。ごめん、配慮が足りなかったな……。今日挨拶(あいさつ)に向かおうと思ってたんだけど……」

「気にしないでください。元々出かける予定があったのです。それこそ、エリックさんの予定を顧みずに私どもがこの村に押しかけたのですから」

「そう言ってくれると助かるよ。ハープの演奏、とても好評だったよ」

「明日も同じ時間に参ります」

ホメロンと熱い握手を交わし、礼を述べる。

手を放した後、芝居がかった仕草で腕と共に頭を下げた彼は颯爽と宿から去って行った。

本当は、今日エリシアのところに行くはずだったのだが色々あり行くことができなかったんだよな。

彼女には一度だけ会っていて、その時に廃村で改めて今の体の様子を聞くから、と約束していたので、なるべく早く聞いておきたいと思っていたんだけど……。

アリアドネのところへ行ったり、錬金術師関連のあれやこれやがあったりで気が付いたら開店時間になってたからな……。

運び込まれた金庫のような箱も、まだ動かしてもいないし。

「ジョエルさんたちが参りましたよー」

「おー、今行くー」

マリーの呼びかけに声を張り上げ応えた。

ジョエルは、汽水の魚を食べてからすっかり魚がお気に入りになっている。

北の湖に、そろそろ魚を捕りに行かなきゃな。彼らと近場のどこかに遊びにも行きたいし。

ジョエルたちは一か月と限られた期間しか廃村にいないので、その間にできる限り楽しんで欲しいと思っている。

彼の味覚からくる超がつくほどの人見知りというトラウマが、少しでも和らいでくれるようにお手伝いができればと思っているのだ。

ジョエルと彼のメイドのメリダと食事をした効果か、彼が連れてきた堅物の騎士ランバートとも少しずつではあるが打ち解けてきている。

彼らとの食事は、俺の中で最近の楽しみの一つなんだ。

俺は今まで冒険者だったから他の冒険者の話をちらほら聞いたことはあるのだけど、お貴族様のお屋敷での生活なんて初めて聞く話でとても興味深い。

特に、気になるのはやっぱり自分と関係がある食事と治療に関することだな。

食事に関しては、メリダが色々と情報を教えてくれる。彼女が実際に口にしたことのない料理も多いらしく、レシピからの想像で味も教えてくれた。

俺としては、どのような食材が使われているのかってだけでも興味深い。使われているってことは、仕入れることができるってことだからさ。

特にいくつかの香辛料は、入手することができると知れて嬉しい。香辛料は色んなところで使うことができる。

問題はお値段だよな……。メリダ情報によると仕入れ価格までは分からないらしく、どこで仕入れることができるのか彼女がお屋敷に戻ってから聞いてもらうことになった。

そして、もう一つの気になる治療に関しては俺が予想していた内容に近い形だったな……。

彼らのお屋敷には半ば専属のヒーラーがいたらしい。半ば、と表現したのは一応所属が教会となっているからだ。

そのヒーラーはお屋敷の中に住んでいて、屋敷の人が怪我したりした時にすぐ駆けつけるんだって。

置きっぱなしになった箱をどうしたものかと考えているうちに思った以上に時間が経過していたようで、マリーが俺を呼ぶ。

「ジョエルさんたちが『先に食べてていいですかー』と聞いておられます」

「いいよー。すぐに酒を持って行くー」

遠出した日は一杯やりたいのだ。お子様には分かるまい……。

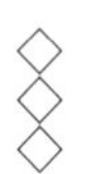

この日はコビト族にお礼の品物を渡してから、一路ポラリスの下……ではなくその隣にあるエリシアの住む家へ向かう。

こちらの家もビーバー作でログハウス風になっているが、これまでの彼らの作品と異なりキャンプ場にある小型のロッジくらいの大きさになっている。

完成時に中を見せてもらったが、だいたい十畳くらいの広さでロフトもあり、一人で暮らすにはかなり広めな部屋というのが俺の印象である。

比べるのも変な話だけど前世の俺は、古ぼけた二階建てのアパートで一人暮らしをしていた。

古き良き昭和を感じることができて、敢えて家具もクラシカルなものを選んで楽しんでいた。昭和レトロな扇風機を中古屋さんで見つけた時は嬉しかったな。

いざ動かしてみると、すぐ故障して動かなくなってしまったのは苦い思い出だけど。

……と、話が横道に逸れてしまったが、俺の住んでいた部屋は六畳一間でキッチンと風呂、トイレは別の1Kだった。

それと比べるとビーバー作の一人暮らし用ログハウスは二倍以上の広さがある。ちょっとした柵で囲った庭スペースもあったりして住む人を飽きさせない作りをしている。

ビーバーは庭いじりとかしないのに、よく思いつくなと感心するよ。

ちなみに、エリシアの家の隣にある同じ形をしたログハウスはホメロン宅である。ひょっとしたら彼も今エリシアのところにいるかもな。

トントンと扉を叩くとすぐに家主が顔を出す。

「こんにちは」

「こんにちは」

挨拶を交わすもののエリシアの顔色はすぐれない。

肌は蒼白で唇も真っ青だ。美しかったであろう銀髪も艶がなく、体調の悪さを物語っていた。

頬もこけているが、元は健康的な美女だったんだろうなという面影があった。

歳は二十代半ばとホメロンから聞いている。酔っ払い狸鍋……おっと失礼、赤の魔導士スフィアも見た目年齢は二十代半ばくらいなのだけど、彼女と比べても少し年上に見える。

きっと体調不良からくるやつれで実年齢より上に見えてしまうのかもな……。

長い髪を後ろで縛り、ゆったりとした簡素なドレスを身に纏った彼女は頼りない笑みを浮かべ俺を部屋へ招きいれてくれた。

「そこで座って少しお待ちいただけますか？」

「いやいや、お茶くらい俺が淹れるよ」

「素敵なお家まで用意していただいた上に、お客様にお茶を淹れてもらうなど……」

「実は持ってきたんだ。コップも持参している、このままここに置いて行こうと思って」

ニッと笑い、持ってきた手提げからお茶セットを取り出す。

着の身着のままで、ここまでやって来た彼女は細かい食器とかは持ち合わせていないと思ってさ。

歩くとふらつくくらいだし、俺を迎えに扉口まで来たのだって無理していたはず。

キルハイムの街でチラリと挨拶した時には、ここまで体調が悪いと思ってなかった。分かっていたら扉口にまで来てもらうこともしなかったのに……。

「助かります。ホメロンさんが大きな馬車を準備してくださったのですが寝具が主になってしまいまして……」

「包丁とか調理器具は必要だよ。もし持っていないなら隣のポラリスに融通してくれるように頼んでいるから、伝えて欲しい。もし今入用のものがあれば俺からポラリスに頼んでおくよ」

「何から何までありがとうございます。ポラリスさんはご挨拶にいらっしゃってくれて、引っ越し祝いだと物を頂いております」

「おお、それは良かった」

彼女からすると無償なわけだが、実のところホメロンからお金を受け取ってポラリスに渡している。

ホメロンがお金のことは黙っていてくれと言うので、俺も彼の気持ちを汲み取りお金のことは口にしていない。

何か言われても引っ越し祝いなどで誤魔化すことにしよう、とポラリスと事前に話し合っていた。

「おいしいです。はじめて飲む味ですが素朴で体にじんときます」

「ハトムギとドクダミを煎じて淹れたものなんだ。たぶん体にもいいはず。沢山持ってきているからよかったら飲んでみて」

「本当ですか？　何から何まで……」

「いや、気にしなくていいよ。実はどっちの葉もみんなの認識は雑草なんだ」

「雑草……？　薬草ではないのですか？」

「薬草みたいに傷をすっと癒してくれるものではないからね」

エリシアに言ったことは紛れもない事実である。

流通に詳しいグラシアーノに聞いても只の雑草という認識だった。

ドクダミは前々から街でも廃村でも自生していることは知っていたんだよね。あの独特の匂いと可憐な白い花を見たらすぐに分かった。

日本だとドクダミはお茶として親しまれていてスーパーでも手軽に手に入る。一方で庭に生える雑草として忌み嫌われていたりするのだ。

何でも一度生えると根を張ってどんどん繁殖し、抜いても抜いても根の欠片が残っていたら元気よくまた生えて来るとか何とか。

一方でハトムギは廃村に来てから何か飲み物に使えそうな草や果実はないかな、と探していたら発見した。発見したと言ってもビーバーと初めて会った川の傍に自生していたのだけどね。

これいけるんじゃね？　と喜び、よくよく考えてみたらハトムギの味わいだったという経緯である。

どちらも廃村周辺に大量に自生しているので、わざわざ栽培する必要もない。ハトムギはともかくドクダミは栽培すると恐ろしいことになりそうなので、栽培はしないつもりである。いざとなればヤギに登場してもらうとしよう。

ズズとお茶を飲み、お茶菓子のクッキーをもぐりと食べる。

お茶菓子をクッキーにしたのは、一番無難かなと思ったからである。宿で出すなら別の物にしたのだけど、お茶菓子として持参するわけだから誰にでも好まれるものを選定した。

クッキーといっても砂糖は使っておらず、例のパリパリする水あめで甘さをつけている。

エリシアも特に食べ辛そうにはしていないのでホッと胸を撫でおろす。

ふうう……お茶は落ち着く。ん、何か忘れているような……？


「寝室に案内してもらえるかな？」

「すみません……ロフトを寝室用に準備していただいたのですが、登り降りが辛く、そこにベッドを置かせていただいてます」

確かに右手の奥にベッドが置かれている。

なんで日当たりのいい窓の傍じゃなくて、一番暗い場所に置いたんだろ？　彼女の体調と何か関係があるのかな？

そう言えば、全ての窓にきっちりカーテンが装備され、全て閉じられている。

ベッドはビーバーたちが作ってくれたので備え付け家具であった。

確かロフト下に設置していたはずだったのだけど、ホメロンが下に運んでくれたのだろう。

布団類は彼女が持参したものである。

では、失礼して。ヒールを布団にかけるべく触れようとしたら、後ろから彼女が声をかけてきた。

なんだろう？　と呼ばれた方へ振り返ると……。

「と、突然どうしたんだ？」

「私の体を見たいのかと……」

「い、いや、そんなわけじゃなかったんだけど、布団と枕にヒールをかけておこうと思って……」

「そ、それはとんだ早とちりを……！」

体を見たい、という発言なんてしていないのだけど……。

寝室という言葉で彼女が勘違いしたことは確かなのだが、体を見るではなく、診るの間違いだ。

彼女は俺がヒーラーだということを知っている。そのため、俺が彼女を診察するために寝室にと言ったと思った……はず。

一方で俺は別の目的で寝室という単語を出した。

彼女は療養のために環境を変えるだけじゃなく、宿の施設……具体的には湯治をするために来ている。

一度、回復術師にヒールをかけてもらったこともあると聞いているので、俺がヒールをかけたところで変わらない可能性の方が高い。

といっても俺のヒールは通常と異なる持続型なので可能性がないわけじゃない。

なので、彼女が多くの時間を過ごすであろうベッドにヒールをかけておこうと思ったのだ。

それが、俺が寝室に行きたかった理由である。

……ともあれ。背を向けうなじを晒し、いや服を脱ぎ背中全体を見せているエリシアはそのまま動こうとしない。

このまま放置するのもアレだし、彼女の体調不良の原因は背中を見せていることから、そこにあることは明らかだ。

仕方ない、仕方ないんだ。じっくり見させてもらうことにしようではないか。決してやましい気持ちからではないことを強く宣言しておきたい！

「これは……」

思わず声を出してしまう。こんな症状見たことがない。

彼女の肌は日光に晒されていないからか透明感がありきめ細かい。しかし、背骨から肩甲骨にかけて青黒い斑点がポツポツといくつもできている。斑点は大きいもので直径二センチと少しくらいか。

斑点は膿や爛れから来るものではなさそうだな。肌にできるシミに近いような感じがしている。まるで日焼けしてそこだけ色が変わったような……。

「同じような斑点がお尻にもあります。ご覧になられますか？」

「いや、背中のもので十分だよ」

「神父様に直接手を触れてヒールをかけていただいても変化はなしでした」

「なるほど。斑点ができてから体調が優れなくなったの？」

服を着るように促しつつ、枕と布団にヒールをかける。これでせめてぐっすり眠ることができれば良いのだけど。

服を着てこちらを向いたエリシアがそのまま立って話をしようとしたので、横になるようお願いした。

「立てなくなるほどではありませんが……」

「お客さんの前で、とかは考えなくていいからね。布団にヒールをかけてみたんだ。体調の変化があれば教えて欲しい」

「……はい」

横になり目元が潤むエリシアは搾り出すように答え、頷く。

しばらく待っていたら落ち着きを取り戻した彼女が自分の症状について語り始めた。

「きっかけが何だったのか、まるで分かりません。私はホメロンさんと違い、街の外へ出かけることはまずありませんので。いつものようにお店を手伝い、部屋に入った時にくらりとしました。最初は疲れてるのかなと思っていたのですが、ふらつくことがどんどん多くなりました」

「街中だと謎の毒を受けたとかでもなさそうだ」

「斑点が一つ、二つと増えていき、私の体調はますます悪くなっていきました。特に日の光を浴びると必ずふらふらとするようになってしまいましたので暗い部屋で一人療養していたのです」

「それでカーテンを持ち込んだんだな。街で療養していた時より良くなるとは言い切れないけど、ホメロンから療養プランを聞いているかな？」

彼女が頷くも、一応確認の意味を込めて、説明しておくことにしたんだ。

といっても大したことをするわけではない。毎日温泉に浸かる湯治に加え、ヒールをかけた水を提供するのでそれを飲料水にしてもらう。寝る時はヒールのかかった布団で就寝する。

あともう一つ、日が暮れてから歩けるようなら歩き、体を動かすのもいいかもしれないと付け加えた。

一人歩きは不安なので必ず付き添いをつけるようにすることも忘れずに伝えた。夜道が危ないという以上に途中でくらりときて倒れてしまう可能性もあるからさ。

提案しておいてなんだが、散歩をするにあたって一つ大きな問題があることにも気がつく。

彼女は立つのも難しい時があるので、散歩することは却って体に負担をかけるかもしれない。なので、付き添う人が彼女の状態を見て大丈夫そうなら散歩をするようにと彼女と話し合う。

彼女は特に反対はせず、感謝の言葉を述べるのみだった。

謎の青黒い斑点……一体どんな病気なのだろうか。前世でも今世でも見たことも聞いたこともない。

俺が考えていることを読んだかのように彼女が言葉を続ける。

「斑点のことを神父様にお聞きしたところ、教会でも聞いたことがないとおっしゃってました。商店街の店主さんたちにも聞いてみましたが情報はなく……」

「エリシアさん以外に同じ症状の人がいないか、いたとしても稀（まれ）の稀……か」

「はい、病気なのか体質なのか、改善させる方法、全て分かりません」

「そういった事情もあって、病気と表現せず体調不良と表現していたってわけか……」

うーん、似たような症状が出た者がいないとなると皆目見当がつかないな。具体的な対策を打てるものはなし。

ここでしばらく過ごしてもらって変化があるのかどうか様子見だな。

改善の兆しがあるのなら続けてもらって、変化なしなら別の療養方法を考えよう。

エリシアの状態を考えながら宿に帰宅する。

エリシアの家を訪れてから三日が経過した。

変態……いや天才錬金術師ことグレゴールが思いついたかのように押し付け……いや置いてくれた金庫なんだけど物凄い一品だったのだ。

だから、彼らにお礼をしようと思ってグレゴールや彼の雇っている大工全員を宿に呼び食事を振舞うことにした。

丁度タイミングの良いことに、冒険者のゴンザやライザも宿に泊まりに来てくれていたので、今日は宿を貸し切りにして宴会をしちゃおうと決めたんだよ！

そんなわけで、大工たち、ゴンザら冒険者四人に加えスフィアとポラリス。それに同じ場所ではなく二階になるがコビトたちも加え大宴会となった。

事前にかなりの食事を準備したものの、足りずにこうしてキッチンに籠るハメになってしまうとは……みんなの食欲を舐めていたぜ。

「あれ追加して欲しい」

「あれじゃ分からん！　……いや分かった、ミニカニの素揚げだな」

「さすがエリック！　分かってるぜ！」

「できたら呼ぶから待っててくれ」

「おう！」と赤ら顔で腕をあげる髭面のゴンザ。

彼の求める料理は酒に合うもの、これである。特に硬い物が好きらしく、最近はカニ料理が気に入っているらしい。カニはおいしいけど、口内に殻が刺さると痛いんだよな……。

彼は鋼の歯を持っているようで、からりと揚げた硬い煎餅なんかも好んで食べていた。

「エリックくーん。さっぱりしたもの、何かないかなー？」

「あるある、これでどうだ？」

保冷庫に入れておいた一品をそのまま出す。

「わあ！　綺麗だね！」

「試してみてくれー」

「ありがとうー！　マリーちゃんがいなかったらお礼にちゅーしてあげたいところだけど、残念だねー」

「思ってもないくせに、ほら行った行った」

相変わらずのお調子者っぷりを発揮するテレーズは、即座にライザに首根っこを掴まれ連れていかれた。

料理を置いたままだけど……いいのか？

と思ったら、ライザが戻って来て皿を取る。

「白いものは豆腐か。赤いのはトマトだな」

「そそ。それで醤油と酢をベースにしたソースに、水ナスやネギなんかを混ぜている」

「おいしそうなサラダだ」

「それは良かった」

ライザに手を振っていると、カニの素揚げも完成した。

「ゴンザー」と叫ぼうとしたら、不満がありありと顔に浮かんだ赤髪の美女の姿が。

「ね、ねえ。エリックさん、飲みたい」

「ダメだってば！　飲んだらえらいことになるだろ！」

「そ、そうだけど……みんな飲んでるし？」

「どうしても飲みたいなら食事を持って自室で頼む」

「う、うう……エリックさんのお部屋にする」

「そこはダメだ。コビトさんたちがいる」

「自分の部屋に行く……」

ぶすっとしたまま美しい赤い髪を揺らし踵(きびす)を返したスフィア。

彼女は飲んでない時は普通の美女なのである。

最近は彼女と会うより師匠のすみよんと一緒に行動する方が多い。

あーだーこーだ言って来る面々と違って、ポラリスや大工たちは大人しいものだ。いや、大工たちは飲みっぷりがゴンザやザルマンに匹敵する。

ポラリスはうるさい面々に囲まれているけど、大工たちのまとめ役であるアブラーンと楽しげに喋(しゃべ)っているようだ。楽しんでくれているようで何より。

「エリックさん、すいませんキッチンをお任せして」

「いや、そのうち落ち着くよ。頼まれたものは全部多めに作ってるからさ」

心配したマリーがキッチンを覗(のぞ)き込み猫耳をペタンとさせる。

そう言う彼女だって、みんなが楽しめるように食事を碌(ろく)にとっていない。

そんな頑張った俺たちには、とっておきを用意する。マリーを含むとはいえ自分で自分にとっておきってのもアレな感じだけど……。

まあ、いいんだ。特に俺にとって、とっておきなのだから！

キッチンであくせく働いた分だと思って、とっておきに取り掛かるとするか。

唐突だが、転生前の現代日本で俺にとって大好きな三大メニューは何だったと思う？

まず、日本人が大好きなカレーを選ぶ。レトルトもおいしいし、ご飯さえあれば手軽に食べられるしカレーチェーン店やインド風カレー店で食べるのも良い。

カレーのいいところは、適当に作ってもそれなりにおいしいところ。カレーなら、まあ外れはないだろうという安心感がある。

次に推すのは、ラーメン。

これもまた日本の国民食といっても良い大人気定番メニューである。手軽なカップ麺からはじまり、星の数ほどあるラーメン店は日夜生き残りのための激戦を繰り広げている。

ラーメン店のラーメンは激戦を勝ち抜いてきただけあり、肥えた舌を楽しませてくれるものだ。

だが残念ながらカレーもラーメンも、この世界にはない。

カレーを作るとなると、スパイスがないのだ。

ただ、もしかしたらジョエルの家を通じて手に入るかもしれない。しかし、今すぐではない。

ラーメンなら前に作ったことがあるうどんと同じように、研究すれば作れそうな気もするが……。

麺はともかくとしても、極上のスープを作るとなると……難しい。カップ麺に使うスープの粉があればいいが、異世界には存在しないしな。

そんなわけで俺のソウルフードでもある、カレーとラーメンは今すぐには難しい。

前置きが長くなったが、最後の一つを発表しようではないか。

三つ目はから揚げである。から揚げだけじゃ色んな種類があるので分かりやすく言うと鶏のから揚げのことだ。

この世界には鶏に似た鳥が存在する。揚げる調理法もある。だがしかし、それは俺の求めている鶏のから揚げじゃない。

なので、今、ここで、作るのだ！

用意したるは特製ダレに漬け込んでおいたボーボー鳥のもも肉。すぐに揚げられるように事前に肉を適当な大きさに切り分け、特製のタレで下味をつけておいたのだ。

ポイントは、肉に漬け込んだタレ。醤油に清酒、そしてニンニクとショウガを少々混ぜる。

俺の求める鶏のから揚げの味わいは、醤油ニンニクなのだ。あくまで俺の求める、だけどね。

タレに漬け込んでおいた肉の汁気を切ってから溶き卵と混ぜ、小麦粉の上を転がすようにしてまんべんなくまぶす。

余分な粉を軽く落としたら、揚げる準備は完成！

ジュワアアアアア。

油がいい音を立ててみるみるうちに衣の色白が黄金色に変わっていく。もうこれだけでたまらんな。

「よし、できた！　マリー、運んでもらえるか？」

「うわ～、いい匂いですね！」

「そうだろ？　とっておきだぞ！　お腹が空いてるからよりおいしく味わえるはずだ！」

「はい！」

ボーボー鳥のもも肉のから揚げを持って行くと、みんなの視線がから揚げに集中する。

「まあ待て、これで完成じゃないんだ」

どうどうとみんなを押しとどめている間に、ノンアルコール席へもマリーがから揚げを運びに行った。

ノンアルコール席はジョエルたちと大工チームの最年少であるキッド、そしてマリーが座る席である。

ふ、ふふふ。この時のために食べず、飲まずでいたと言っても過言ではない！

これがなきゃ、キッチンに集中する前に飲み食いしてから料理を作りに行ってただろう。

真打登場である。

「エールか！」

真っ先に飛びついたのは酒好きのゴンザだった。

そう、酒だよ酒。本当は生ビールがいいのだけど、残念ながらない。

なので次善策としてエールを準備しました！

透明なグラスジョッキになみなみと注がれたエールは、パチパチと音がする泡が出ている。それだけではない。

グラスの表面に霜が降りているほど冷えている。事前に保冷庫で冷やしていたので冷たいエールを注ぐのにもってこいだ。

「キンキンに冷えたエールだ。これをだな……」

と言いつつ、山盛りのから揚げが置かれた前の席に座り、フォークでそれを突き刺す。

じゅわあと刺したところから肉汁が出て来てもうたまらん。早く食べてとから揚げが言っている。

何故かみんなが見守る中、から揚げをもぐりと食べる。

うおお！　これこれ、これだよ！　醤油ニンニクとカラッと揚がったこの衣。こいつがボーボー鳥のもも肉の肉汁と合わさり極上のソースとなるのだ！

肉もジューシーで最高だ！　熱々で火傷しそうなほどだが、これがいい。から揚げは熱いうちに食べるに限る！

この熱くなった口内をキンキンに冷えたエールで潤す。

「くうう、たまらん！　これだよこれ！」

この時のために生きていた……は言いすぎだな。

「あ、みんな、食べてくれていいからね。エールは保冷庫の中にグラスごといっぱい入ってるから好きに取ってくれ。扉を閉めるのを忘れずに」

立ち上がる面々を後目に、から揚げを一人ほおばる。

すかさずエールを流し込み、至福の時を味わう俺。

「エリック、保冷庫の近くにあったあのゴツイ箱は何の魔道具なんだ？　保冷庫と思って間違えて開けてしまったんだが」

「この酔っ払いゴンザめー。かく言う私も間違えたぞ」

ゴンザに注意するテレーズに続き、ライザも俺の座る席までやって来た。二人とも手にはキンキンに冷えたグラスを持って。

お前もか、とテレーズを指さすゴンザに対しテレーズもアハハと笑う。

「中が冬のようだった」

と二人が同時に同じことを言った。

二人の疑問に対しゴツイ箱について説明を始める。

「あのゴツイ金庫みたいなのはさ」

最初は金庫のようで重いし邪魔だし、何てものを置いて行くんだと思ってたんだよ……。

でも、あの金庫のような箱、実は冷凍庫だったんだ！

作ったグレゴールの言葉を借りると「淡雪を保管する道具」らしいけど、性能を調べていたら冷凍庫だって気付いたんだよ！

キルハイムのレストランで魚介類を冷凍保存している店があったけど、普通は手に入らないものだと店の人に聞いていたから諦めてたんだけど……あの人、本当に天才だったんだな。

確かに、彼の作るパリパリする水あめは素晴らしい。でも、普段のエキセントリックすぎる発言と行動がな……。

「わたしもご一緒していいですか」

「もちろん」

マリーが隣に座り、から揚げに舌鼓を打つ。

ジョエルたちの座るテーブルへ移動したところで、彼と目が合う。

そこで俺は、自分がさもうまそうに食べているから揚げと彼の微妙な表情に気が付いた。

お、おっと。

俺にとってのとっておきの登場は良い事なのだけど、から揚げは調理した物なのでジョエルが食べられるものではなかったな。正直すまなかった。

そんな彼に向けたとっておきもあるんだ。

テレーズやマリーも気にいってくれると思う。

ジョエルたちがいるテーブルは彼のメイドと騎士にキッドを加えた席になっている。

後はマリーがたまに顔を出す感じかな。結局マリーは料理の配膳(はいぜん)やらにかかりっきりになってしまった。

マリーをジョエルたちと同じテーブルにしたのは、酒を飲めないのも理由の一つではあるけど、彼女はキッドとジョエル双方と交流があるのでつなぎ役になってくれるかなと思ってのこともある。

マリーから聞いた話によると、メイドのメリダの頑張りにより、緊張して話せなかったジョエルがキッドともポツポツと会話できるくらいになったそうだ。

廃村でジョエルと歳の近い人って中々いないから、彼がキッドと交流を持てたようで個人的に嬉しい。

もっと仲良くなってもらうためにも、今度は俺が行くか。とっておきも持ってね！

「デザートを持ってきたぞ！　ジョエルもきっと食べられるものだと思う」

「え、僕も？」

「そそ。素材そのままだし、リンゴなら食べているところを見たことがあったからさ」

「リンゴはよく食べるよ」

「良かった。じゃあ、これ食べてみてくれ。キッド、メリダ、ランバートも」

順番にグラスの器を彼らの前に置いていく。

器にはすり潰したリンゴを凍らせたシャーベットを載せてあった。

これも冷凍庫のなせる業である。

リンゴを凍らせてすり潰しただけなので、素材そのままの味だ。お好みでパリパリする水あめをかけて食べるのも良し。

「どうですか？　ジョエル様？」

メリダが潤んだ瞳で主人を見つめる。

対するジョエルはニコリと微笑み感想を述べた。

「リンゴはもう飽きるほど食べているけど、冷たくてシャリシャリしていていい感じだよ。みんなの気持ちが少し分かった気がする」

「おっ、気になるな。どんな気持ちなんだ？」

ジョエルの感想につい質問をしてしまう。

彼は嫌がりもせず笑顔のまま言葉を返す。

「ほら、料理って同じ素材を色んな調理方法や味付けで作るものだよね。リンゴもそのまま食べるのと、こうしてシャリシャリにするのだと全然違うなって」

「確かに。リンゴならジュースにしてもおいしいよな」

こくんと頷くジョエルがリンゴのシャーベットをスプーンですくい口に運ぶ。

「しゃりしゃりかね！」

「うわあああ！　用があったんじゃなかったんですか？」

「終わったのだよ。しゃりしゃりとは何かね？」

「リンゴのシャーベットです。食べますか？」

俺も食べようと思って持ってきていたシャーベットを彼に提供する。

「そうかねそうかね。しゃりしゃりしておるね。しゃりしゃりもよいものだ」

「あ、はい」

唐突に出現した天才錬金術師ことグレゴールに心臓が止まりそうになるほど驚いた。

食べるのはいいんだけど、何度も同じことをつぶやいていて怖い……。

宴会がそろそろお開きになるという頃、持参したのだが渡すのを忘れていた、とポラリスから頼んでいた器具を受け取った。

お、おお。これぞまさに。

もうお腹いっぱいになっていたが、ちょこっと食べる分には問題ない。

「エリックさん、それは？」

「これはさ。冷凍庫で凍らせた氷があるだろ。あれを削る器具になる」

「何かお考えがあるんですね！」

「うん、お酒の後にも良いんだぞ」

「リンゴのシャーベットみたいなものですか？」

「似た感じだよ。リンゴのシャーベットの方がおいしいかもしれないけど」

リンゴは先にすり潰すことができるけど、氷はそうはいかない。

ふ、ふふ。ちゃんとソースも作ってあるぞ。

じゃじゃーん。このオレンジ色のソースが今回準備したカキ氷用のものである。

「綺麗な色ですね！」

「見た目の色で何がベースか分かっちゃうのが残念ではあるな」

「そんなことないですよ！」

「あ、みんなもう帰っちゃったか」

「はい。冒険者のみなさんもお部屋に戻られました」

「じゃあ、二人で食べようか」

というわけで、氷を削り、器に盛る。

そして、オレンジ色のソースをかけて完成だ。甘い小豆とか載せたくなるけど、残念ながらここにはない。

小豆ならありそうなんだけど、無いにしても代用できる豆類は見つかりそうだよな。

豆探しを次のテーマにしてみるか。

豆を探していたら他にも色々使えるものが出て来るかもしれないし。

今使っている豆はこの世界でもメジャーなものばかり。大豆、ソラマメ、カラス豆、あとは何だっけ、デーツ……は果物に分類されるのかなあ。

甘くておいしいが、高い。

あんな小さな粒なのにリンゴ一個より高いんだぞ。なので、うちでは滅多に仕入れない。

仕入れても俺とマリーのおやつ用だな、うん。

おっと、マリーが手ぐすねを引いて待っている。

「シャーベットに続き冷たいものだから、お腹を壊さないくらいにしておこう」

「はい！　頂いてもよろしいですか？」

「もちろん。小さめにしたから全部食べても問題ないだろ。だけど……」

「キイインとしました。でもおいしいです！　いつも食べるビワよりうんと甘いんですね」

「氷にかけて食べるソースだし味を濃くしなきゃ、だからね」

両目をつぶり、耳をピンと立てたマリーが「んー」と唇を結ぶ。

そう、オレンジ色のソースの正体はビワだったんだ。

ビワをすり潰して、パリパリする水あめと混ぜて煮詰めただけのシンプルなものになる。

甘さが若干足りない気がするけど、砂糖が無い中それなりの味になったと思う。

そして何より、懐かしさが俺の舌を満足させてくれた。

「マリーちゃーん。一緒にお風呂へ……あー、エリックくん、私に秘密で楽しんでるなんて酷いぞお」

浴衣を手に階下に来たテレーズが大きく口を開き不満を漏らす。

彼女の後ろには長身のライザが続く。

「別に隠すつもりはなかったんだよ。いつの間にかみんな解散しててさ」

「私たちの分もあるの⁉　やったあ」

「あるある。風呂上がりに食べるのがいいと思うぞ。氷もソースもまだまだある」

「じゃあ、お風呂に行ってくるね。マリーちゃんも行こうー。エリックくんも来る？」

「行くけど」

「きゃー、えっちー」

「一緒に入るなんて言ってないだろ！」

「またまたあ。別に私とマリーちゃんは構わないけど、ライザがいるから我慢してね」

勝手にマリーまで加えるなよ、と思ったが突っ込むと変に盛り上がりそうだから大人の対応をしておこうかな。

つまり、無言である。

「全くもう」

テレーズに手を引かれ、マリーも風呂に向かう。彼女の尻尾がぶらぶらしていて、なんか引きずられているように見えなくもない。

テレーズはそれほど力の強い方じゃないから、マリーが抵抗したら引っ張れないと思うので無理やりってわけじゃないだろ。

本気で嫌がっているのなら、俺が止めていた。

テレーズとライザに対してならマリーも嫌なら「困ります」くらいは言うだろうし、心配ないはず。


急にマリーが風呂に行くことになり、ポツンと俺だけ取り残されてしまった。

「ねえ、本当に来ないのー？」

「テ、テレーズさん、はしたないですう」

全く何をやっているんだか。

扉の向こうから叫んでいるみたいで、俺にはテレーズの姿は見えないのでご安心を。

まさか素っ裸で外を出歩いているんじゃないだろうな。女湯は男湯に比べて厳重に仕切りを作っているから俺が風呂に入っている時のようにビーバーたちに仕切りを倒されるといったこともない。

仕切りから外に出て来たら話は別だが、声の遠さからしてまだ脱衣所付近かなあ。

よくここまで声が届くよ、と感心しつつ「ふう」と息を吐く。

何だか手持ち無沙汰になってしまったが、こんな時こそ優雅に一人の時間を楽しむべきじゃないか。

彼女らが風呂から戻り、カキ氷を作ったら俺も風呂に行くことにしようかなと思って。

風呂上がりがいいぞ、と勧めた手前、彼女らの戻りを待ち構えようとね。

こんな時のために、冷凍庫の奥に秘蔵の品を隠しておいたんだ。

それはね。半球体形の器に水を入れて凍らせたものである。

ウイスキーグラスを用意して、そこに凍らせた半球体形の氷を入れて楽しもうってわけなのだ。

ちゃんとウイスキーグラスと氷の大きさも考慮してある。

氷に琥珀色が注がれていく様子を眺めるのも至福の時間だろ。この世界では味わうことができないと思っていたので余計心が躍る。

「ええと、確か。この奥に」

「ばー」

「きゃあああ」

「あはははは」

何、何故、何？　何で冷凍庫の奥にえむりんが潜んでいるの？

本気で驚いた。こんな寒いところに籠っていて平気だったんだろうか。

のそのそと外に出てきたえむりんは俺の周りをくるくると飛んで鱗粉をまき散らしている。

ん、彼女が潜んでいた辺りに白っぽい粉が積み重なっているな。

指先で撫で、付着した粉を舐めてみる。

「甘い。砂糖みたいだ」

「あまいー？」

「うん、甘い」

「そうー、よかったー？」

「よかったよー」

「えへへー」

などとえむりんとやり取りしているが、内心えむりんが冷凍庫の奥から出てきた時と同じくらい驚いている。

この白い粉ってやっぱり……。

◇◇◇

「ほ、ほほう。ふぉ、ふぉふぉ」

「あ、あの……」

「これは、大発見だよ、チミ！　大発見！　分かるかね？」

「あ、はい」

何度目だよ、このやり取り。

語彙はどうした、語彙は。錬金術師と言えばこの世界におけるインテリ層である。

日本でたとえると大学や企業の研究所勤めの人といったところか。

そんな知識溢れる錬金術師の中でも自称天才が大発見しか言わないとは何たることだ。

あの冷凍庫にあった白い粉はやはりえむりんの鱗粉だった。

彼女の鱗粉は空気に触れるとすぐに溶けてなくなってしまうのだけど、冷凍庫のものは残っていたんだ。

しかし、ドライアイスのように常温に晒すとすぐに昇華して消えてしまう。

俺にとっては幸いなことに彼女は冷凍庫で眠ることが気にいったようで、夜になると冷凍庫に潜ってスヤスヤと眠る。

ならば、彼女が寝ている間に溜まった鱗粉を使わぬ手はないだろ。

しかし、このままではカキ氷やシャーベットに振りかけることには使えても、他の用途には使うことができない。

彼女の鱗粉は昇華して消えてしまうと痕跡を残さないんだよね。何が言いたいかというと、砂糖と同じ用途で生クリームに混ぜたとしても味が残らない。

限定的とはいえ彼女の鱗粉を利用できるようになったのは喜ばしいことである。

冷凍庫の中に彼女の寝床も作ったので、鱗粉を集めるのも容易になった。

それでだな、常温でも鱗粉を維持できないかとパリパリの水あめ、冷凍庫といった素晴らしい品々を発明した彼を頼ってみたのだが……。

訪ねてみるとこの調子である。

彼の家……じゃなかった工房はまだ建築途中だけど寝泊まりくらいはできる状態になっていた。

今後内装を整えていくのかな？　錬金術だけじゃなく魔道具職人でもある彼は、多くの道具が必要だ。

どのような道具を使うのか分からないけど、鍛冶をするぐらいの設備は必要なんじゃないかな？

昨日は宴会だったので、今日は宿を経営して以降滅多にないオフにした。マリーにもゆっくりと休んでもらいたい。

といっても、家畜と畑の水やりはやってもらうことになっている。一方で俺は料理をするだけ。

夜は二日連続で一般客を入れないのでゆっくりくつろぐことができるはず。

たまにはいいよね？

収入はどうするんだって心配があるかもしれないけど、問題ない。繁盛しているし、昨日も今日もゴンザたちが宿泊料金を支払ってくれているからさ。

「大発見！　大発見だよ！　チミ！　甘い、甘いじゃないか！」

頭をこれでもかとかきむしってジタバタとする天才錬金術師ことグレゴールの姿はとてもじゃないけど、冷凍庫を発明した天才とは思えない。

もう帰ろうかな……。せっかくの休日だし、明日は明日でゴンザらと冒険に繰り出す予定もあるしさ。

「そ、そろそろ、俺は……」

「エリックくうううん！」

「は、はい……」

「大発見だよ！　大発見なのだよ！」

「そ、それは分かりました……さっきから何やら色々試されてるようですし。ここにも冷凍庫があるんですよね？」

「あるとも、あるとも！　ほほほ、保管するには冷凍の魔道具の中がいいだろうね。品質は重要だよ」

そら、品質は重要だよ。

さりげにこの人、冷凍保存すると鮮度が長持ちすることを分かっている。

冷凍という技術自体はこの世界だと一般的じゃない。彼の発明した冷凍庫以外は全て魔法のなせる業である。

じゃあ、氷は一般的じゃないのかと尋ねれば、庶民の間では一般的じゃないとの回答がかえってくると思う。

一部の魔法使いや魔術師ギルド、そしてお抱え魔法使いがいる貴族なんかは氷が豊富に手に入る。もちろん、魔法で作り出した氷だ。

魔法を使えば氷を作り出すだけじゃなく、肉を冷凍することだってできる。だけど、それをそのまま保存するにはまた別の魔法が必要になっちゃう。

なので、費用対効果を考えると、とんでもなくコストが高くなり、とてもじゃないけど一般に流通するものじゃなくなっちゃうんだよな。

冷蔵の魔道具は一般的になっているから、肉を保存するには冷蔵すりゃいいし。冷凍すると長期保管できるけど、その分魔法のコストが跳ね上がる。

それなら、新しく肉を調達した方がいいってものだ。

とまあ、一般的に知られていない冷凍すると長期保管ができるって事実を彼が知っていることに少し驚いたってわけなのだよ。

立ち去ろうとしたら呼び止められてしまったのだが、どうすりゃいい？

彼は鱗粉に意識を集中させていて、俺の方を見ちゃいないし。

そのまま立ち去るのは失礼かなと思って、声をかけたら呼び止めてくるし……。

のたうち回る天才錬金術師と窓から差し込む光を交互に見やり逡巡（しゅんじゅん）する。

よし、このまま立ち去ろう。

くるりと彼から背を向け一歩進んだその時——。

「エリックくううん！」

「は、はい！」

しかられた生徒のようにビクッとなる。

後ろめたい気持ちなんて微塵（みじん）もないのにな。これが前世の学校で染みついた条件反射とでもいうのか。

決してグレゴールが先生だなんて思いたくはないぜ……。こんなのが俺の担任だったらと思うとゾッとする。

「大発見だよ！　大発見なのだよ！」

「そ、それは分かりましたから……」

大発見はもう百回以上聞いたから。

ちゃんと実験用の鱗粉を提供するつもりなので、のんびり研究をしてもらおう。

いずれ常温でも使うことができるようになればいいな。

ズズイとグレゴールの顔が迫って来て、俺の鼻に彼の鼻が引っ付きそうになり、思わず後ずさる。

「バターくらいかな。そうだね、バターくらいだね。これだと溶けないのだ。いや、溶けない……ではないな。昇華しないのだ」

「え？　何が？　バターくらいって？」

「鱗粉(りんぷん)なのだよ！　昇華は分かるかね？　昇華とはこう固い物体が気体に変わることだよ。普通氷は水になりその後気体になるのだが、昇華とは液体にならずに気体になる事象のことだ」

「それは理解してますけど……。もしかして、その鱗粉がバターが溶けるくらいの温度まで昇華しないってことですか⁉　一体どうやって……？」

えむりんの鱗粉が常温まで溶けないようになったってこと？　俄(にわか)には信じられない。

グレゴールの唐突な言葉に混乱する俺の前に彼がどどんと素焼きの壺(つぼ)を置く。

「これは？」

「鱗粉を入れられる壺を開発したのだよ。よほど熱い夏の日でない限りは、鱗粉は溶けないのだよ」

壺はただの素焼きの壺に見える。「開発した」ってことはこの素焼きの壺は魔道具なんだよな、きっと。

浮かんだ疑問を即口にする。

「鱗粉は空気に触れるとすぐに溶けちゃうのに、どうやって鱗粉が溶けないようになったんだ？」

「魔道具だよ」

自慢気に背筋が折れそうなほど反らされても困る。

「壺が魔道具で合ってる？」

首をがくんがくんと上下に揺らすグレゴールが不気味過ぎるが、気にしてはいけない。

「壺……ええと壺型の魔道具を開発した。壺型の魔道具は鱗粉をバターと同じ融点にすることができる？」

首を上下にがくんがくんするのが止まらないグレゴールである。

まとめると、彼が開発した壺型の魔道具は通常なら空気に触れると溶けてしまう鱗粉の融点をバターと同じくらいに変質させることができるってことだ。

すげえ、確かに「大発見」だよ。

えむりん鱗粉は形を保つことができるようになったとはいえ、バターが溶けるくらいの温度になると昇華して消えてしまう。

故に調理方法が限定される。

そんなわけでさっそくですが、えむりん鱗粉を使った料理を作りたいと思います！

わー、ぱちぱち。

キッチンに一人立つ俺は誰に向けてでもなく盛大な拍手をした。

……一人芝居する姿を誰かに見られでもしていたら恥ずかしさで死ねる。

「何か作るの？」

「どええ！　き、きさま、いつからそこにいた」

「分からない……かな」

「待て、そこを動くな。改めさせてもらう」

「な、何もしてないわ……よ？」

突如俺の拍手の音でむくりと顔を上げたのは赤の魔導士ことスフィアであった。美しい赤髪が頬に張り付き、顔についた赤い跡は床に顔をつけて寝ていたからだろう。

いつのまに侵入したのか分からない。昨日は飲みに帰ると途中で退席したのだと思っていたが、実は退席せずにここに留(とど)まっていたのかもしれん。

なので、何をしていたのか確かめるために「改める」だ。概(おおむ)ね予想はついているけど、一応確かめなきゃ理由もなしに彼女を責めることになってしまう。

もちろん、彼女の体をまさぐるとかそんな展開ではない。彼女は寝ていたし、両手も空いており何も持っていないからね。着衣の乱れからして彼女本人からは証拠が出てこないと判断した。

だがしかし、犯人はその場に証拠を残すものなのだ。

それにしても、着衣の乱れ……ねえ。

「動くなと言ったけど、パンツくらい隠そう、な」

「きゃ！　み、見た？」

「見たくて見たわけじゃ……。上も整えて欲しい」

「う、うう。ふ、普段はちゃんとしてるんだからね」

「知ってる、知ってる。口を動かす前にパンツを隠して」

やっと身なりを整えてくれた。

目のやり場に困るとはまさにこのこと。

さて、場も整ったことで改めて動くことにしよう。とっとと終わらせて、料理をするのだ。待っていろ、えむりん鱗粉よ。

しかし、本当に分かりやすいな、スフィアって。

大きな樽に背を預け、じーっとこちらの様子を窺っているではないか。

「ほら、そこをどくのだ」

「動くなって言ったじゃない？」

「いや、証拠がすぐ後ろにあったから、そこに座ったままだと調べるのに邪魔なんだよね」

「ここには『何も無い』わよ」

「いやいや、背もたれにしている樽があって何も無いわよ、は厳しすぎるだろ」

「背もたれだから、ほら、こう」

ええい、面倒くさい。構わず彼女の横へ回り込み樽の蓋へ手を……彼女の手が俺の腕を掴む。

無駄な抵抗を。しかし、俺は腐っても元冒険者。体を動かすことには多少の自信がある。

ならばと高速の横ステップからの左手の応酬だ。

パシ。

ち、ちいい。今度も蓋に手が届く前に手首を握られた。両手が塞がり万事休す……なんて思ったかー。

俺にはまだ手があるのだ！

そう、頭である。蓋のあの辺りに顎か額でアタックすると蓋が外れる。

「うおお」

「きゃ」

ふにょんと何やら柔らかいものに額が当たった。ぐりぐりと頭を動かすと、握られた両腕が引かれて体が宙を舞う。

見事に一回転した俺は背中を床に強打した。

「な、何だったんだ」

「つ、つい。ごめんなさい」

「素直にどけばいいものを。ならば尋問しよう」

「じ、尋問……エリックさんて実はかなりえっちなんじゃ……」

「何を想像しているんだよ！　聞くだけだ。樽の中の酒を飲んだだろ？　どれくらい飲んだ？」

「ち、ちょっとだけ、飲んだかも？」

彼女の目が泳いでいる。頬をベロンと舐めて「ウソの味だ」とかやりたいところだけど、セクハラが過ぎるのでさすがに思いとどまった。

じーっと胡乱な目で見つめていると彼女の頬から冷や汗が流れ落ちる。

分かった。全て分かってしまったよ。樽を改めるまでもない。彼女は既に「発言していた」のだから。

「スフィア、君は先ほど『何も無い』と言ったな」

「そ、そうよ、ここには何も無いわ」

「そう、そこには『何も無い』んだな？」

「……はっ！　ちょっとだけだって」

誤魔化すもののもう遅い。

そうかそうか、樽の中になみなみと入っていた清酒は全て飲んだんだな。

よくアルコール中毒にならなかったものだ。狸耳って酒を水のように飲めるものなのか。

その割にはすぐに酔っ払って大変なことになっていたのだけど。

「そんなに飲んでアルコールが残ったりしないの？」

「酔うだけで、特には何も」

「少し飲んだだけで酔っぱらうのに、量を飲む必要ってあるの？」

「それは……おいしいから」

「そうかそうか。おいしいから全部飲んだんだな」

「う、うう……ずるい。誘導尋問よ」

「まず最初に言う事があるだろう？」

「ごめんなさい」

しゅんとするスフィアに慈愛のこもった笑みを浮かべ、彼女の肩をポンと叩く。

まあ、材料はたんまりとあるし問題ない。

元々宴会のためにスフィアに作ってもらったものだしさ。

「もう一回、発酵させてもらえるか？」

「うん……」

「バレたのがそんなにショックだったの？」

「樽を見る前に分かっちゃうなんて、エリックさんの巧みな言葉に惑わされてしまったわ」

巧みでも何でもないと思うんだけどなあ。

自分で言って自分で墓穴を掘っただけ、は言いすぎか。

ショックを受けるのはいいのだが……。

「だから、パンツを隠せと」

「……見た？」

「見たくて見たわけじゃないってば。それに、見たいなら隠せって言わないよ」

「それもそうね。エリックさんは白が好き？」

「それこそどうでもいいわ！」

「マリーさんは白なのかしら」

「マリーに聞けばいいだろ！」

ま、全く。酔っ払ってないよな？

実はまだ酒が残ってんじゃないのか、スフィアのやつ。

「エリックさーん！」

「あ、マリーさんの声じゃない？　聞いてみる？」

「聞かないって！　とりあえず、撤収してくれ。あとで発酵用の材料を持って行く、樽も運んでおいてもらえるか？」

「分かったわ。清酒、本当においしいわよね」

「それは認める」

よっし、じゃあマリーの下へ行くとするか。

と思ったら、樽を抱えた狸耳に先行されてしまった。

「マリーさんー」

「だあああ。余計なことを言うんじゃない！」

こ、この狸耳め！　狸鍋（たぬきなべ）にしてやろうか。

第二章　あなたの色は何ですか？

「牛乳です！」

「お、おお……」

マリーが元気よく呼びかけて来たのは俺を家畜小屋に案内したかったからだった。

さっそく家畜小屋へ行くと、家畜はみんな外に出ているようで一頭もいない。

しかし、円形の銀色容器が残されている。

だいたい二十リットルくらい入る大きさかな？　銀色容器は牧場でよく見る牛乳容器の小型版と言ったところ。

この中に牛乳が……！

とれたてホヤホヤの牛乳を前に手をワナワナとさせる。

「一人で牛乳を搾るところまでやってのけるなんて、思ってもみなかった。ありがとう」

「大したことはしていないですよお。羊やヤギと同じです」

なんてことをひまわりのような笑みを浮かべて述べるマリーであった。

そうなのだ。ついに牧場へ牛を導入したのだ。

牛は飼育するのに難度が高いと思っていたが、マリー曰く他の家畜とそう違わないとのこと。

羊、ヤギ、牛、馬辺りはどれも草食で牧場の草を勝手に食べるから大丈夫？　なのか。

俺がイメージする家畜たちは小屋で飼い葉をむしゃむしゃと食べている姿なんだよな。なので、牧場の草だけで家畜の栄養が足りるかは未知数である。

いや、そうでもないか。ヤギや羊は飼い葉を与えずとも痩せてもおらず大丈夫そうだ。

牛は大きいから違うものだと思っていたのだけど、実際のところどうなんだろうか？

正直、家畜のことはまるで分からない。ペットの延長線上で考えていたが、牛のような大型家畜は勝手が違うんじゃないか？

ん、いや待てよ。よくよく考えると、馬も中々の大きさだよな。

この世界では移動手段として馬が一般的だ。王国の街道沿いにはいくつもの休憩所と夜を過ごすことができる小屋がある。そのどれもに飼い葉桶と水桶が用意されているのだ。人間が使うものではなく馬用のね。

馬なら俺も冒険者時代に扱ったことがある。馬は飼い葉桶に藁を入れてやると猛然と食べていた。

一日街道沿いを歩いてきたから余計腹が減っていたのかもしれないけど、結構な量を食べる。

おっと話が変な方向に行ってしまった。

要は馬が生活のいたるところにある世界なので、牛を扱う素養が知らず知らずのうちにある程度身についてるのでは、という事だ。

馬と同じと考えたら、飼い葉を与えなきゃ食事量が足りないのではないか。

しかし、俺の出した結論と異なることをマリーが口にする。

「今のところ、牧場の草だけで大丈夫そうですよ！」

飼い葉桶に目を落としていたからか、彼女が俺の疑問を察してくれたようだった。

「今は大丈夫でも、寒くなる前に飼い葉作りをしておいた方がいいよね？」

「そうですね。でも、廃村はキルハイムより暖かそうです」

「その分、冬が短いかもだよね」

「はい！　その前に夏が来ますね！」

「カキ氷のおいしい季節になるな」

「そうですね！　楽しみです」

季節感がまるでなかったが、廃村はもう初夏に入ろうとしている。

「キルハイムより暖かである」とマリーが予想しているが、夏がより暑いのかはまた別の話。

それほど暑くならないような気がするのだよな。少なくとも日本の夏のように蒸し蒸しする感じはないはず。日中は汗をかくほどで夜になると薄手の長袖シャツが必要……くらいになるんじゃないかと予想している。

それなのにバナナがあったりして、よく分からん。バナナと言えば熱帯性という先入観が俺にあるだけで、採取したバナナは温帯性なのだろう、きっと。

なのでバナナがあってもおかしくはない……結論にはなるのだけど、どうもしっくりこない。

地球情報は参考になるけど、この世界と同じだろと考えることは危険だ。分かっていても地球情報の感覚で動いちゃうんだよね。気をつけないと。

季節感を抱かないのもキルハイムの気候によるところが大きい。

驚いたことにキルハイムの夏と冬は非常に短いのだ。夏は日中でも三十度を超えるか超えないかくらいで夜になると肌寒い。夏と呼べる気候が続くのは長くて一か月程度である。

冬も雪深くなるわけではなく、数日雪が降れば多い方で積もることはまずない。こちらも長くて一か月程度なんだ。

他の季節は日本で言うところの晩春の装いとなる。だいたい日中は二十度を超えるくらいで、夜は十二～十五度前後かなあ。温度計が無いのでハッキリとは分からないのだけど、俺の肌感覚で気温を示してみた。

日本に住んでいた頃の俺から見ると何とも羨(うらや)ましい気候なのである。短い夏と冬には服の準備が必要だけど、それ以外の十か月間は同じ服装で大丈夫だし、うだるような暑さもないのでクーラーも必要無いし、冬は冬で寒いは寒いが凍えるほどでもない。

「おお、まだ温かい」

「はい！」

悦に入りつつ牛乳の入った容器に触れると頬が緩む。

いいねえ、これぞ搾りたてって感じだよ。

その時唐突に笑顔だったマリーの顔が曇り、こちらの様子を窺(うかが)うように上目遣いで見つめてきた。

「あ、あの、お邪魔しちゃいましたか？」

「ううん、えむりんの鱗粉(りんぷん)で料理を作ろうと思っていてさ、ちょうどマリーが牛乳を用意してくれたから使おうかな」

「でも、すごいです！」

「え？」

マリーの変化についていけない。今度は両手を合わせて尻尾をフリフリさせてご機嫌なご様子。

すごいって何が……？

彼女はすぐに答えを述べる。

「白っておっしゃっていたので、牛乳があることを予想されていてお料理に使おうとされていたんですね」

「あ、うん……」

やばい。目が泳いだ。だけど、彼女は俺の変化に気が付いていないみたいだから、まあ良しである。

スフィアが白とか言いやがったんだよ。突然のことだったので、マリーもその場では理解できずにコテンと首を傾げていた。

これ幸いとすかさず誤魔化しにカットインして事なきを得たと思っていたのに、しっかり彼女が覚えていたというわけである。

何だか斜め上の解釈をしたからこのまま勘違いしてもらっておくことにしよう。

色々あったけど、再びキッチンである。

とれたてホヤホヤの牛乳をさっそく使わせてもらうことにしよう。

牛乳をこのまま使ってもいいのだが、せっかくなのでちょいと加工したいと思う。

その分マリーを待たせることになり、彼女の時間が空いてしまったんだ。そこで、彼女に対し「久しぶりに飼い猫と遊んだらどう」と提案したら、飛び上がらんばかりの勢いで喜び猫の下に向かって行った。あれほど喜んでくれるなら、もっと早く言うんだったと少し後悔する。

「さて、頑張ってもらうぞ。赤の魔導士よ」

「そ、その呼び方はあなたの前だと少し恥ずかしい」

「そうなのか？　カッコいい名前じゃないか」

「自分で名乗ったことなんてないわよお。と、ともかく、何をすればいいの？」

「魔法だ。魔法」

「魔法を使うのは分かってるけど……」

「まあ焦るな」

そろそろ頃合いか。火を止め、鍋に入った牛乳の様子を確かめる。

うん、こんなものだろ。まずは加熱殺菌、これだよね。

次は遠心分離機なんてものはないが似たようなものがあるのだ。容器に入れてこのハンドルを回すと、中の円柱形の箱がグルグルと回って中の液体成分を分離できるのである。

おっし、こんなものかな？

これでよければスフィアは必要ないのだが、果たして？

「う、うーん。何となく大丈夫そうな気がする。じゃあ、ボウルに入った分離させた牛乳……クリームを風魔法で混ぜてみて」

「分かったわ」

詠唱もせず指先を振るだけでボウルの中に入っている生クリームが混ぜられていく。

すげえ便利だな、魔法って。遠心分離もできちゃいそうだ。

「よっし、ちゃんと泡立ったな」

ペロリと舐めると、ちょっと硬かったけどお菓子によく使われる生クリームのような味わいになっている。

「風魔法で楽をしたかったの？」

「いや、泡立てる前の工程で協力してもらおうと思ったのだけど、特に必要なかった」

「じゃあ、何のために……」

「まあ、いいじゃないか。暇しているんだし」

「マリーさんに比べて私には雑じゃない？」

「いやいや、スフィアには感謝しているって、酒を造ってもらっているしさ」

樽の酒を飲んでしまったからか、何かできることはないかって彼女から申し出てくれたんだよね。

ならば、ちょうど牛乳が手に入ったのでさっそく手伝ってもらうことにした。

しかし結果は、彼女の協力は特に必要無かったのである。

「このままお菓子作りに入る。せっかくだから食べて行ってくれよ」

「え？　お菓子？　ほんと？」

「うん、そのための生クリームだからさ」

「嬉しい。お菓子なんていつぶりかなあ」

「高名な元冒険者なのだから、食べようと思えばいつでも食べられるんじゃ？」

「う、うーん。なんだかね、街のお菓子はあまり好きじゃないのよね。貴族用のお菓子って甘いだけで……でもきっとエリックさんの作るものならって」

「期待して待っててくれ」

貴族のお菓子はとにかく甘ければ甘いほどいい、って風潮があるからな。

そこはまあ仕方ない。砂糖が高級品なのがいけないのだ。

高価な砂糖を使えば使うほど、より価格が高くなるだろ？　貴族用となれば、高ければ高いほど……って考えるじゃないか。

何故かって？　それは、お菓子は贈答品に使われることが多い。

貴族が他の貴族にプレゼントするものとなるとお高ければ喜ばれるのさ。

全く……嘆かわしいことだよ。

さてさて、作るメニューは最初から決めていた。

生クリームが没になったとしても大丈夫なものをね。

まずは小麦粉から生地を作る。本当はここに砂糖を混ぜ込みたいところだけど、生地に火を入れたらえむりんの鱗粉は昇華して消えてしまう。

ので、ここには砂糖を入れず、卵のみに留めておく。

捏ねた生地を切り、形を整えてオーブンに投入。

焼いている間に卵、牛乳、小麦粉を混ぜて火にかける。うっし、とろみが出てきたしこんなものだろ。

鍋からタッパーに移し、粗熱を冷まし……あ、そうだ。

「スフィア。この黄色いクリームを冷やすことってできる？」

「秒でいけるわ」

「おお、助かる。キンキンに冷やすのじゃなく常温くらいまで、って調整できるかな？」

「分かった」

またしても呪文を唱えることなく指を振るだけでみるみるうちに黄色いクリームが冷えた。

これにえむりんの鱗粉を混ぜ込み、カスタードクリームの完成だ。

生クリームがダメだった場合、カスタードクリームのみで作ろうと思っていた。これだけでもおいしいからね。

さて、生地も焼けたかな。

「よし」

「変わった生地ね。中身がスカスカじゃないの？」

「スカスカなのが大事なんだ」

「へえ」

生クリームにもえむりんの鱗粉を混ぜて、準備完了。

焼き上がった生地の上から三分の一辺りを横に切って、中に生クリームとカスタードクリームを入れて切った生地で蓋(ふた)をする。つまり、シュークリームだ。

最後は上からえむりんの鱗粉をパラパラとかけてできあがり。

付け合わせに何かフルーツはなかったかな？

そういや、摘んできたまま使ってなかった野イチゴやベリーがあったはず。

籠(かご)に入れたままの野イチゴとベリーを必要量だけ取り、洗ってからシュークリームを載せた皿に盛り付ける。

野イチゴとベリーにもえむりんの鱗粉をパラパラと振りかけたら、お店で出すデザートっぽい感じになった。

「へえ。見たことないお菓子だわ」

「マリーを呼んで来るよ」

「ちょうど来たみたい。足音が聞こえる」

「俺には聞こえないな。マリーは特に訓練をしていないのだけど、猫の獣人だからか足音をあまり立てないんだよね。さすがに同じ部屋とか扉口まで来たら気が付くけど」

俺とて普通の人よりは足音に耳をそばだてたり、気配を感知したりする力を持っている。

冒険者たるもの、モンスターの気配に気が付かなきゃならないからね。逆に気取られないように動くことも訓練していた。

そんな俺がまるで気が付かない距離でもスフィアは察知してしまうのか。

彼女は魔法使いなので、気配感知の専門じゃないはずなのだけど、これが基礎能力の違いってやつだな……。

今の俺にとっては素直に凄いなと思うだけで、妬んだり羨んだりする気持ちは一切わかない。

冒険者時代なら俺ももっと訓練しなきゃって気持ちになっていたかもなあ。


「甘いでえす」

ベリーを載せたザルごと持ってきて、もしゃもしゃと細かく口を動かして食べるワオキツネザル……じゃないワオ族のすみよん。

すみよんにはお世話になりっぱなしでお礼も満足にできてないと感じていたので、彼が食べることに思うところはない。彼からカブトムシを譲られなかったらベリーだって採取できていなかっただろうから。

しかし、彼はすぐに食べるのをやめて鼻をひくひくさせたかと思うと、ザルを持ってひょいっとどこかへ行ってしまった。

それはいい。彼がどこで食べようが俺は構わないよ。ワオ族には人間の食習慣なんてものはないからね。外で食べようが、床でも屋根でも全くもって気にならない。

しかし、しかしだ。

彼と入れ替わるようにして、冒険者がやって来た。なんと、四人もいる。

そんなわけで、再びキッチンへ。

と言っても全て作り直し、ではなく生地を焼く工程だけである。クリーム二種がまだまだ残っていて追加分で使ってもまだ余りそう。

「もうちょい待ってくれー」

「もちろんだよー。待つ待つー」

尻尾があれば千切れんばかりに振っていそうなテレーズが両手をあげて応じる。

そう、四人とはライザ、テレーズ、ゴンザ、ザルマンと宴会に参加してくれた面々だ。

一方、マリーとスフィアは席に座ったままシュークリームが出来上がるのを待っててくれている。

「先に食べて」と言ったのだが、「せっかくなので俺と一緒に食べたい」と言ってくれてさ。

よ、よし、生地が焼き上がったぞ。

あ、あああ！　シュークリーム本体だけに意識がいっていた。

付け合わせのベリーが無いかも。

いや、おそらく……。

冷蔵の魔道具の中を改める。手前のモノを移動させて奥を確認。

よし、あった。今回は盛り付けに使うだけだから、これで足りる。

「よおし、完成。皿を取りに来てくれー」

「あいよ」

髭面(ひげづら)の冒険者ゴンザとザルマンが真っ先に席から立ちこちらに向かう。冒険者だけにフットワークが軽い。

ん？　何故、来たばかりの彼らに対して先にシュークリームを食べてからでなく、即対応しているのか不思議でならない？

それはだな、俺に非があるからなのだよ。

「ごめんな、すっかり忘れてて」

「別に構わんぞ。明日にでも行くか？」

「ゴンザたちはいつまでオフのつもりなんだ？」

「近く……だな。特に決めてねえ。お前さんと出かけて何か獲れたら、それはそれで、だろ」

「じゃあ俺も宿を明日まで休業にしようかなあ」

ゴンザに皿を手渡しつつ顎を上げ考える俺である。

そう、冒険者四人が揃ったので少しばかりの冒険をしようかなと企画していた……多分。

宴会と酒ですっかり記憶が飛んでいたよ。そもそも、そんな企画をしたっけ？　レベルだ。

俺を含めて五人だとカブトムシに全員乗ることはできない。

行くとしても近場になる。もちろん、カブトムシは連れて行くけどね。

騎乗できずとも彼のコンテナがあれば手ぶらで探索できるし、果物とか持ち帰り放題だ。

そんじゃま、ようやくの試食会をはじめるとしますか。

席に着くとマリーが元気よく猫耳をピンと立てる。

「お疲れさまでしたっ！」

「待たせてしまったなあ」

「いえ！　一緒に食べるとよりおいしくなりますよ。スフィアさんも言ってます」

「スフィアも、待たせてすまなかったな」

「ごめん」と手で示すも、何やらスフィアが無言で立ち上がり、耳元に口を寄せてくる。

狸耳（たぬきみみ）が目元をくすぐりクシャミが出そうになった。そういや、マリーとはこのようなことにならなかったなー。

彼女なりに耳が当たらぬよう気を遣ってくれていたようだ。俺には獣耳が無いので今の今まで気が付かなかった。

「白で合ってたわ」

「何をマリーと話してんだあ！」

つい大声で突っ込んでしまったじゃないかよ。

「白って何かなー？」

声が大きかった。隣のテーブルに座るテレーズが「んー」と口元を寄せる。

「そのお菓子のことだよ。白い粉みたいなのがかかってるだろ」

「確かに白だ。シュークリームというのか」

「そう。シュークリームというお菓子なんだ。思わぬところで砂糖に似た調味料が手に入ってさ。それで」

「なるほどな。砂糖に興奮し冒険のことをすっかり忘れたというわけか。エリックらしいじゃないか」

笑うライザにほっと胸を撫でおろす。

「綺麗な白ですね！　えむりんちゃんの鱗粉は太陽の光で七色になるのにこれは真っ白なんですね」

「凍らせて、かの天才錬金術師の素敵な何かの効果で真っ白になったんだよ」

「そうなんですか。真っ白なのも綺麗ですね」

「だな。よっし、食べようか。みんな、俺たちが食べ始めるのを待っている」

うんうんとマリーと頷き合い、いよいよ実食タイムである。

手を合わせ「いただきます」をしてから、シュークリームを右手で掴む。

クリームを盛りすぎたので少し齧るだけで、中のカスタードクリームが手につく。

これ、これがいいんだ。

シュー生地はサクサク。そして、カスタードクリームと生クリームの違った甘さが口に広がり思わず頬が緩む。

「んー。甘いモノって食べると何だか幸せな気持ちになれる」

「分かります！　もうさっきからほっぺが落ちそうです」

マリーも気にいってくれたようでニコニコが止まらない様子。

彼女の隣でシュークリームを口にしていたスフィアはというと、一口食べた状態で手が止まっていた。

お気に召さなかったのかな？　お菓子は甘すぎて……みたいなことを言っていた気もする。

酔っ払いだから、甘いものは苦手なのかもしれ……うお。

「おいしい！　こんなにおいしいお菓子を食べたのは初めてだわ！」

「お、おう……」

突然叫ぶものだから、耳がキンキンした。

テレーズとライザはもちろんのこと、おっさん二人も気にいってくれたみたいで良かったよ。

「ゴンザ、髭（ひげ）」

「ん？　髭？」

「クリームを付けすぎだろ」

「拭（ぬぐ）うか、手で取れるだけ取るか迷ってんだよ」

「ほら、そこに濡（ぬ）れた布があるから」

「仕方ねえ」

髭をクリームまみれにしたゴンザが渋々布で髭をふきふきし始めるのだった。

シュークリームパーティも終わり、腹ごなしも兼ねて散歩に……ってレベルじゃ無いって。
どこに「ちょっと散歩に行ってくる」と言い残しダンジョンへ行く宿の主人がいるんだよ。

ご存じの通り、廃村には廃坑があり、廃坑はダンジョンと繋がっている。

まだ昼前だし、ということで散歩にでも行くかとなったんだ。

提案したのが髭のゴンザだったのが悪かった。廃坑へ入ったかと思うとあれよあれよとダンジョンにというわけである。

屈強な冒険者が四人もいるので、俺は散歩気分でいいからってことか？

「マリーとスフィアを散歩メンバーからわざと外したんだろ」

「『外した』とか失礼だな。先に二人が牧場の様子を見に行ったんじゃねえか」

ゴンザの言葉にぐうの音も出ない。

確かにシュークリームパーティの後、先に外出して行ったのはマリーとスフィアである。

だがただでは転ばないのができる男なのだ。

さりげなくスフィアの名前も入れていることに注目いただきたい。

ゴンザだけでなくザルマンや女子二人の様子を見る限り、彼女が実は赤の魔導士とかいう超実力者だとは知られていないのだなと分かった。

スフィアは自分から素性を喋ることはないし、冒険者は相手の素性を探らないことを性分としているから宴会の席でも語られなかったのだろう。

彼女が赤の魔導士だと知っているマリーから情報が伝わる可能性もあったけど、どうやら杞憂だったらしい。

知られたところで俺が困ることはないのだが、彼女に教えを乞おうとする冒険者が集まるのも彼女の本意ではなさそうだし。

　このまま静かに暮らして……ごめん、嘘を言った。このままここで酒を造り続けてくれると俺が嬉しい。

「うぐぐ」

「まー、いいんじゃないのー」

　何か言い返そうにも言葉に詰まる。

　そんな俺に対し「きゃはは」とさも愉快そうに笑うテレーズが背中をペシペシとしてきた。

　これにはさすがのゴンザも苦笑いである。

「どこ行くんだ？　変な亀のところか？」

「特に考えてねえ。エリック、どうする？」

　先行し周囲を警戒してくれているザルマンが前を向いたまま尋ねるものの、当の本人であるゴンザはノープランらしい。

　確かに亀のところへ行くのは悪くないな。

　いずれにしても稲を背中で育てている亀のところには定期的に行くわけだし。

「エリックくん。乗ってもいい？」

「いいよ」

「わーい」

「こら、俺にじゃないだろ」

「冗談だってば」

緊張感の無いテレーズである。彼女は連れてきたカブトムシに乗りはしゃいでいる。

カブトムシは彼女より余程大人なので、淡々と彼女を乗せついて来てくれることだろう。

俺以上に呆れていたのがライザで腕を組みあからさまにため息をつく。

「ライザだって、乗りたいでしょー。ジャイアントビートルのこと、気にいってたものね」

「確かにテレーズの気持ちは分かる。あの青く輝く体はいかな騎士が纏う甲冑より滑らかで美しい」

「でしょでしょー」

「だが！」

ズズイとテレーズに肉薄し、きっと彼女を睨む。

睨まれてもまるで動じないテレーズであったが、ライザは構わず続きを口にする。

「まだ入口とはいえここは一応ダンジョンだ。お遊びではなく真剣に警戒すべきだ」

「大丈夫だよー。ちゃんと警戒しているよ。ダンジョンでは弓が役に立たないことも多いから、ナイフをいつでも」

「エリックが許可していることだ。両手が空くなら構わんが」

「でしょでしょー」

よくわからんがテレーズの方が一枚上手だったらしい。

テレーズの説得？　によってライザは納得し前を向く。

「時にエリック」

「ん？」

真面目なライザのことだ。ダンジョンを行く当てもなく歩くのは嫌なのかな？

一応さっきのゴンザらとの会話の中で何となく亀のところへ向かおうか、となっているようだが。

行き先をハッキリさせたいのかな？　と思って続きを待っていたら彼女の次の言葉でこけそうになった。

「かの麗しきジャイアントビートルの名は？」

「あ、いや、特に決めてはないけど」

「お前はジャイアントビートルの飼い主ではないのか。名を付けぬなど……」

「い、いやいや。あるある。名前アルヨー」

「そうか。差し障りなければ教えてくれないか？　魔術師の中には『秘密の名前』なるものがある時もあるからな。無理して言わずともいい」

秘密の名前？　へ、へえ。そんなものがあるんだなあ。

ちょ、待て待て。つい、「名前がある」と言ってしまったが、名前なんて付けてないって。

く、くう。ライザの期待の眼差しが痛い。

「カ、カブトム……」

「カブト？」

「カブトンって言うんだ」

「はは。何だか可愛らしい名前だな。勇壮かつ秀麗な甲冑ならば勇者の名でも良かったんじゃないか？」

「い、いやあ。俺が過去の勇者の名前を付けるなんておこがましいよ」

「テイマーが連れている強力な魔獣はよく英雄や勇者の名を付けていると聞くが」

「きょ、強力でも何でもないからなあ」

や、やばい。適当に名前を言ってしまったなんて言える雰囲気じゃねえ。

カブトムシよ。これからはカブトンと名乗るがよいぞ。

動揺からようやく立ち直ったところでライザから更なる提案が投げ込まれてくる。

「時にエリック。目的は亀でいいのか？」

「ま、まあ。それでも。この前行ったばっかりだから米はまだまだ豊富にあるけど」

「ならば、一つ私からの提案なのだが、村の昔話は覚えているか？」

「あ、ええと、確か、その昔、鉱山だったのがダンジョンと繋がって……」

「そうだな。かつてこの地にはモンスターが巣くっており、英雄が退治し、村ができたと伝承にあった」

「そうそう。何かの巣があったんだよな」

「痕跡くらいならあるんじゃないか？　伝説を辿るのも悪くないかと思ってな」

「確かに。冒険者の依頼じゃや、史跡巡りなんてものはないし、おもしろそうだ」

ライザの提案にゴンザとザルマンも「そいつは楽しそうだ」と乗り気だったので、廃村ができる前にいたモンスター……確か蟻型だっけ？　の痕跡を探る会となった。

ダンジョン。それは冒険者にとって切っても切り離せないものである。

全て探索されつくしているダンジョンもいくつかあるが、そんなダンジョンであっても今もまだ探索が続けられていた。

ダンジョンに棲息するモンスターには素材として役に立つものが獲れるものが多いのが一番の理由だろう。

モンスターの素材は日常生活の様々なところで使われている。俺の場合は少し意味が異なるけど、亀の背中に生える稲だってモンスター素材と言えばモンスター素材だものな。

廃村にあるダンジョンは冒険者が日常的に来ているのかと思ったらそうでもないということが分かった。

ダンジョン目的で来る冒険者も、もちろんいる。だけど、廃村の場合はメインになるのはフィールドなんだって。

モンスターか採集依頼にちょうど廃村が良いキャンプ地になっているのだと。そういや俺も冒険者時代にはダンジョンに入ったことがなかったかもしれない。

廃坑とダンジョンの切れ目がどこか、は難しいけど廃坑をチラ見だけはしたようなしなかったような……といったところだ。廃坑の入口部分だけだから、ダンジョンではないよな、うん。

「じゃじゃーん」

「何それ？」

「マップだよー。この前来た時に作ったのさ」

「お、見せて」

探索をしようと決めたら、テレーズが胸元から丸めた羊皮紙を取り出した。

そこには彼女の言葉通りダンジョンのマップが記されている。完成はしておらず、所々、通路が途切れていた。

「結構探索しているんだな」

「まだまだ広そうだよ。分かれ道も多くて、でもせっかく進むならまだマップを埋めていないところがいいな」

「俺も同意見だ。みんなはどう？」

「任せるぜ」

とゴンザの言葉に続きザルマンも頷く。ライザも否はなかったのでテレーズの先導の下、地図を埋めつつ痕跡を探すことに決める。

「そうそう、前々から疑問だったことがあるんだよな」

「ん？　俺に家族がいたことか？」

「それも激しく疑問だけど、残念ながら別のことだ」

「そうか、別のことならゴンザにでも聞けばいいんじゃねえか」

いや、敢えて冒険者歴が長く物知りそうなザルマンに声をかけたのだが、どうもポンコツなような気がするぞ……。髭とコンビを組んでいるだけに持っている情報量は変わらないのかもしれない。それならお喋りのゴンザに尋ねた方が良いかもな。ザルマンは寡黙な方だし。

んじゃゴンザにと思ったら、もう一人のお喋りがストンとカブトムシのカブトンから降り右手をあげる。

「はいはいー、何かなー？　私の下着の色？」

この程度の突っ込みで怯むテレーズではない。今度はちょうど隣にいたライザのおっきな胸元をチラリとする。

「そうなの？　ライザは何色？」

「テレーズは黙っとけ」

「痛い痛い」

「全く……それで、どんな疑問なんだ？　エリック」

うわあ。ライザのアイアンクローは痛そう。何しろ大人の男四人でやっとの網の引き上げを一人で軽々とこなしてしまうからな。

本気でやればテレーズの頭蓋骨が破壊されることは必然である。流石に加減をしているだろうけど。

「ここに限らずダンジョンてさ、既知のエリアなんてほんの僅かだろ。単に情報が出回ってないことも多いんじゃないかって」

「そうだな。エリックは地図作成依頼を受けたことはないか？」

「いや、生憎。そういう依頼もあるんだな」

「数は少ないが、あるにはある。あったとしても冒険者ギルドからの直接依頼が殆どで掲示板に貼り出されることは……あったか……」

「一応あるぜ。ちなみに俺の下着は赤のふんどしだ」

曖昧な記憶を語るライザを補足するゴンザ。

補足してくれるのはありがたいけど、髭の下着の色は聞いてない。

「それ、嫌がられるからやめとけよ」

「問題ない。特に思うところはないから気にしなくていい」

「私もー」

ゴンザに苦言を呈すると、女子二人がすかさずフォローしてくれた。

んー、彼らに聞いてみたけど地図については俺の予想通りだったな。

ちゃんと冒険者ギルドで冒険者から吸い上げた情報を共有したら無駄も省けるし、危険も減らすことができると思う。いや、効率が良くなるかもしれないけど、却って危険度が上がるかもしれない。

既知が増え、モンスターやら採取の情報が共有されてくると既知のものについては報酬が安くなり、依頼数も減る。素材の需要が変わらずとも、依頼での必要量が増えて報酬額が変わらないとかそんなところだ。

するとだな、既知の依頼を受ける冒険者が少なくなり、結果、未踏の危険なものに行かざるを得なくなる。「それこそ冒険者の本分だ」と喜ぶ者もいるが、そうじゃない者も多いんだ。

ゴンザらは後者だろう。俺もそうだった。

生活の手段として冒険者を選んでいるのだから、なるべく安全を確保したいものだろ。実入りが悪くなるかもしれない情報提供は依頼でもなきゃやらないか。

「それでエリックはどうなんだ？」

「どうって……マップを埋めるんだろ」

「……いや、その、だな」

「何か忘れてたっけ……？」

何故か口ごもるライザに首を傾げる。

「じゃあ行こうかー。あ、エリックくんは青だよ、ライザ」

「こら、突然引っ張るんじゃない。伸びるだろ」

「まあいいじゃないー。減るもんじゃ無し」

「だから伸びるって言ってるだろうに」

全くもう、油断も隙もない。

コロコロと笑うテレーズはゴンザの前に出て今度こそ道案内を始めた。

「ぎゃははは」

「こら、髭。笑ってないで行くぞ」

「悪い、悪い。後ろからでよかったな」

「見ても誰の得にもならんだろうに」

ゴンザの背中をパシンと叩き、苦笑いする。

そんな俺の横でライザがボソッと「悪かった」と耳打ちしてきた。

「気にするな」と返し、「はいこれで終わり」とばかりに両手を打つ。本当に愉快な仲間たちだよ。

そんなこんなで締まらない俺たちの探索が始まったのだった。


体感で三十分も進まないうちに俺たちにとっての未踏の地へ足を踏み入れる。

宿から徒歩で一時間と少しくらいの距離かな？　自分が住むところでこんな身近に未踏の地があるなんて、思っていたのと少し違う。

これじゃあ、隣町の地理が分からないのとあまり意味合いが変わらない気がする。なんだか身近すぎてさ。

テレーズの地図を見た時点で分かっていたことだけど、いざ実際に訪れるとまた違った感想を抱くものなのだよ。

「地図を描きながら進むね」

「んじゃ前を警戒するぜ」

ゴンザが申し出て、先頭にいたテレーズを護るように彼女の前に立つ。彼女の後ろには油断なくザルマンが構えた万全のフォーメーションである。

じゃあ、もう一人の前衛たるライザはというと俺の隣で鎧をガシャガシャ鳴らして立ち止まっていた。

鎧が擦れる金属音を殊更大きく鳴らすのはワザとだ。彼女は「今俺たちがここにいる」と示している。自信満々に威風堂々と歩くことで却ってモンスターが寄ってこないことがままあるんだ。俺のセンサーによると、周囲に警戒すべきモンスターはいない。いたとしてもライザが軽々踏み潰せる程度だろう。

なので周囲への威圧が接敵を避ける最善だと俺も思うよ。

「悪いな」

「何を言う。お前は冒険者ではないからな。気にすることではない」

ライザが俺の隣にいるのは後ろを護ることと周囲を威圧することだけじゃない。俺の護衛も兼ねている。

いざとなれば一人で何とか身を護るつもりでいるが、隣に彼女がいてくれると心強い。

俺の今の装備は弓とダガーだ。なので、ゴンザたちが戦闘に入ったら俺も支援できる。

強いとは到底言えないけど、敵の注意を引くくらいはやるつもりではいるんだぞ。護られてばかりいるつもりは更々ないのだが、四人に比べると実力が数段劣るのも事実……足を引っ張らないようにだけはしなきゃな。

そして再び隊列が進む。俺たちにとっての未踏の地を。

ここは自然にできた洞窟っぽい作りをしている。横幅は二メートルくらいで高さは三メートルは超えそう。天井はゴツゴツしていて、地面は逆に滑らかで乾いていて幸いだよ。もし湿っていたらステンと転んでしまいそうだから。そんなわけで道は中々の広さなので進むに支障はない。

俺とザルマンの二人でランタンを持っているので暗い洞窟の中であっても明るさは十分である。カブトムシが車ならライトをつけて進めば良いのだけど、残念ながらカブトムシは車じゃないからなあ。無いものねだりをするのは贅沢すぎるよな。

カブトムシは荷物持ちとして十分以上の役割を果たしてくれている。

ぎー。ぎー。

異音に即反応し、音の出どころを探……るまでもなくカブトムシが外骨格を擦り合わせた音だと気がつく。

そう思うや否や視界が急に白くなる。

「うお、眩しっ！」

「おお、な、何と美しいのだ。温存していたのか？」

「い、いや。突然のことで俺も戸惑っているよ」

「そうか。飼い主でも窺い知らぬ神秘を持つとは、ますます気に入った」

なんて呑気なことをライザと会話しているが、内心の驚きは相当なものだ。

だ、だってさ。異音の後、三つ数えるくらいでカブトムシの目の下辺りがスポットライトのように光ったんだよ！

光量が凄くて自転車のライトの倍ほど、車に比べれば相当弱い光だけど、ランタン三つか四つ分くらいあるぞ。

「何かと思ったぜ」

「こっちのランタンは消すぞ」

前の男二人もやれやれと言った様子ながらも、カブトムシに興味津々だ。

ダンジョンの中じゃなかったら二人とも絶対にはしゃいでいる。おっさんがはしゃぐ姿は見ていて楽しいものではないが、多分俺も一緒になって騒いでたと思うから人のことは言えない。

わざと苦笑するフリをして二人に告げる。

「前の警戒を怠らないでくれよ」

「まるで気配を感じねえ」

ザルマンの意見に「うむうむ」とゴンザも同意する。

さすがプロフェッショナル。いかな時でも警戒を怠らない。

感心していたら、突然テレーズが悲鳴をあげる。

「きゃ！　な、何⁉」

「どうした？」

「な、何か落ちて来て……きゃ！」

「大丈夫……？」

いや、大丈夫じゃねええ！

テレーズは胸元を覆う革鎧を装着しているが、他の部分は服そのままである。

で、だな。突如上腹部が膨らみシュウシュウと煙をあげ始めた。

これはまさか伝説の……あいつか？

「も、もうう。見てないで助けてえ」

「ライザ、頼まれてくれるか」

「いいんじゃないか、どうせ服はボロボロだし、敵意はない」

「だってさ、テレーズ」

身悶えるテレーズに素っ気なく応じる俺とライザである。

「これってあれか、エロスライム」

「だな。仕方ねえ仕方ねえ。こいつの気配は超一流のスカウトでも感知できねえからな」

「こ、こしょばいいいい。あはははは」

おっさん二人はテレーズの姿を見ぬように背を向け周囲を警戒し始めた。

やっぱりかの有名なステルススライム、通称「エロスライム」だったか。

こいつは服だけを溶かす超有名なモンスターだ。神出鬼没でどれだけ気配感知に優れようと気が付くことができないのだという。

敵意がないから探れないのかもしれないな。現に結構な実力を持つテレーズとザルマンの二人が警戒していてもテレーズの懐に潜り込むまで全く気が付かなかった。

彼女以外は彼女が悲鳴をあげることで初めて分かったくらいだしな。

服を溶かすのだから急いで助けた方がいいんじゃないかって？　いやあ、無理だろ。彼女の体をまさぐるわけにはいかないし、ライザは手助けしないし。

彼女が断った理由も分かる。もしライザがテレーズに手を出せば二次被害になるだろうから。

俺とライザが悠長に構えていることにも理由がある。

「革は溶かさないんだよな？」

「そうだ。金属鎧も平気だ。テレーズは革鎧を装備しているから平気だろう」

「んだんだ」

頷き合う俺とライザにテレーズが割り込んできた。

「へ、平気じゃないってばああ。見えないところが溶かされるー。も、もう、エリックくんでもいいから手を突っ込んで引っ張り出してよお」

「そんなところに手を突っ込めるわけないだろ！　素直に溶かされていろって」

「わ、私の下着……買ったばかりなのにー」

ステルススライムは天災だと思って諦めてもらうしかない。

よかった、襲われたのが革鎧を装着しているテレーズで。これがマリーだったら大変なことになっていた。


「戻ろうか」

「そうだな。風呂はもう使えそうか？」

「使える使える。俺も入ろうかな」

「早風呂最高だよな」

探索を始めたばかりではあるが、来た道を戻ろうと提案する。

するとゴンザも乗って来て、「うひひ」と笑いながら頷き合った。

日の出ているうちに入る風呂っていつもと違うからだけなのかもしれないけど、疲れがより取れるんだよな。

宿業務は休みだからお盆に清酒を載せて……とかしようかなあ。

夢が広がりまくっている俺の肩をテレーズが掴む。

「ま、待って。私なら平気だから！」

「いやいや。ライザと二人きりなら好きにしてくれと言うけど、俺たちがいるから仕方ないだろ」

「そんなことないもん。エリックくんが上着を貸してくれたし」

「そんな上着、この先を進むにあってないようなものだぞ。いや、俺の上着などいつ燃えて灰になってもいいんだけどさ」

上半身だけじゃなくスカートもエロスライムに溶かされてしまったテレーズはちょっと目のやり場に困る格好になってしまった。

上はまあ革鎧でビキニっぽくなっているだけなのだけど、下がさあ。

覚えているだろうか？　剣道の防具から考案した革の腰巻のことを。

あの時彼女は「スカスカだから下にスカートを着なきゃ」みたいなことを言っていた。

革の腰巻はその名の通り「革」なのでエロスライムに溶かされることはない。しかし、下に着ているスカートは別だ。

そしてスカートの下に……敢えて触れないでおこう。

そんなわけで俺の上着を貸すことでギリギリ見えない丈で彼女の貞操は保たれた。

「で、でも。ここまで来て……じゃない？」

「テレーズがいいならいいけど、と言いたいところだが、俺たちも目のやり場に困るし、それにほらこの先」

指し示すとさすがのテレーズも「う」と身を竦める。

なんかさ、前方二十メートルほど先に鍾乳洞があって、つららみたいなのが伸びている下はテーブル状になってるのだけど……そこにステルススライムがこんもりと積み重なっていたのだよ。

いやいやスライムなんて他の種類もいるだろ？　と疑問に思うだろ。

確かにスライムは洞窟に入ると見かけることがチラホラある。

しかしだな、ステルススライムを見間違えることってまずないんだ。あいつらは透明で光に当たると蛍光色を発する。

表現しがたいのだが、ムーンストーンという石を光に当てた時の反応に近い……と言えなくはないか。

透明な体にムーンストーンで言うところのシラーと呼ばれる別の差し色が入るのだ。それが蛍光ブルーをしている。

そこにいるのが分かっているし、姿も見えているのなら張り付かれて服を溶かされる心配はないだろうって？　いやいや、無理だよ。

多分スフィアほどの身体能力があっても回避することは難しい。倒そうにも魔法でさえ回避してしまう。

唯一討伐する方法は服を溶かされている間にコアを潰すしかない。

いっそもう、本人が良いと言っているのだからあのステルススライムの群れに近寄ってもらって彼女が服を溶かされている間に討伐してしまうか？

「すっぽんぽんになる覚悟はあるか？」

「そ、それは……恥ずかしいかも」

「じゃあ、戻ろうぜ」

「革は溶けないから」

「俺の上着があるからいいものの、それがなくなったらもう服がないぞ」

「だよね。ごめんね、せっかくここまで来たのに」

やっとテレーズが納得してくれたので、いよいよ帰るかとなったのだがここでライザがとんと自分の胸を叩く。

「任せろ。せめてあのステルススライムを殲滅してからにしようじゃないか」

「いや、俺とテレーズの話を聞いてた？」

「もちろんだとも。私も一応女だ。ステルススライムの気を引くことはできる」

「知ってるけど……テレーズ以上にライザがすっぽんぽんになるのは……」

「何を破廉恥な。見ろ、私の装備を」

　ほ、ほう。言われてみれば確かに。

　ライザの場合、上半身はガッチリ金属鎧に覆われていてお腹さえ見えない。

　下も膝上から太ももにかけてだけ布の部分はあるが、他は全て金属だな。

「インナーウェアは溶けるけど、いいのか？」

「帰るだけなら問題ない」

　んじゃ一丁ライザに任せるか。彼女なら素手でステルススライムの核を握りつぶすことなど容易いこと。

　ズンズン進むライザに対し一斉にステルススライムがまとわりついた。

　シュウシュウと彼女から煙があがっているが、想定通り金属鎧が溶かされることはない。

　掴んで核を潰し、を繰り返してステルススライムは見事殲滅されたのだった。

「何をしているんだ？」

「いや、せっかくだからステルススライム素材を集めて持って帰ろうかなって、ひょっとしたらおいしいかもしれないし？」

「食べるのか……」

「食べられるかは分からないけどね」

　スライムの素材といえばゼリー状の体である。

ライザの握り潰す手の下に袋を構えて集めたのだ。ステルススライムは男には寄ってこないし、攻撃をしようにも躱されるからどうしようもないんだよね。

お互いに不干渉を貫くしかない。男のみのパーティならステルススライムに気が付くこともなく進んでいたことだろう。

「そんじゃ、撤収するか」

「そ、そうだな」

「どうした？　スライムが体を溶かすことはないはずだけど……」

「いや、想定通りだ。しかし、鎧が直接あたると擦れてだな」

「ああ、確かに。んじゃ俺のシャツでも着るか？　肌着とこれ、どっちがいい？」

「悪いな、エリック。私はどちらでも構わない。カブトンの後ろを借りるぞ」

「うん」

まあ、そらそうだろうな。

最初はひんやりして気持ちいいかもしれないけど、鎧と鎧の継ぎ目から体を守るためにインナーウェアを着こむのだもの。

下は渡せるものがないから我慢してもらうしかないな。

そんなこんなで、俺たちの冒険はここで終わり風呂コースが確定したのだった。

「私も擦れる……」

「なら、革鎧を脱いで俺の上着だけにすればどうだ？」

「そうするー。後ろ借りるね」

「俺の後ろじゃなくてだな、ジャイアントビートルの、だろ」

「冗談だってばー」

舌を出したテレーズもライザに続く。

帰宅してその場は解散となった。ゴンザとザルマンは早速風呂に向かったのだが、俺は野暮用があってさ。

またしてもすっかり忘れていたというわけで……。

廃村には二人の療養者がいる。味覚に異常があるジョエルは健康上特に問題ないので身体的には問題ない。

と言っても何も問題ないのかと言われると疑問符が付く。

彼は自分の味覚が人と異なることで人と接することを恐れている。極端な人見知り状態なんだ。

俺とマリーについては打ち解けてくれて普通に喋(しゃべ)ることができるようになっている。キッドはどうかなあ？

キッドからジョエルに話を振っていたとマリーから聞いたけど、ジョエルは曖昧(あいまい)に頷く程度だったらしい。それでも、その場から去らずに留(とど)まってくれたのは大きな進歩だと思う。

もちろん、事前にジョエルとキッドに了解を取ってから同席させている。

キッドは生来の人懐っこさを持つ青年だから「それはそれで楽しみだ」と言ってくれて、ジョエルは歳が近いキッドのことは気になっていたようで否とは言わなかった。

人と接する機会を作れるだけ作って、彼が自分の味覚というコンプレックスを克服できるように協力したいと思っている。

単に人と接するだけじゃなく、街のお屋敷じゃ体験できないことをしてもらおうとも考えているんだ。他のことがあって中々彼を誘えていないいんだけどさ。

明日か明後日くらいなら彼と彼の従者、メイドの三人とマリーを誘って近くの川で釣りでもできそうかな？

もう一方の療養者たるエリシアの方はジョエルとまるで様相が異なる。

彼女は体調不良が続き、環境を変え湯治をすることで改善しないかとの狙いで廃村に来た。

忘れていたこととは、彼女の家に行ってヒールをかけることである。俺のヒールは二日程度はほぼ回復力が低減せずに持続するんだよね。

だが、三日目を境に回復力が減少していく。四日目になると効果は半分ほどになる（エリック独自調べ）。

今日で前回ヒールをかけてからちょうど四日目となる。なので、彼女の家を訪れヒールをかけないとなのだ。

廃村内の移動だからさすがにカブトムシには乗らずてくてくとのんびり歩いて行くことにした。

「うーん。こうしてのんびり歩くのも悪くない」

季節の移り変わりがあまりない気候なので、風景ががらりと変わるのは短い夏と冬だけである。それでも過ごしやすい気候が続くのでいつ散歩しても春先の気持ちのいい陽気を味わうことができるのだ。

俺個人としてはこちらの方が好ましい。春のぽかぽか陽気の下で散歩をすると何とも言えぬ幸せな気持ちにならないかな？

廃村は廃墟となり一部が崩れた建物がある。放置されていたので草木が生い茂り、独特の風景を作っていた。

緑に覆われた廃屋とかは廃墟好きにはたまらないものなのだと思う。俺は特に廃墟が好きなわけじゃないけど、緑溢れる自然の景色は結構好きなんだよね。

自然を存分に味わえるからということが冒険者になった理由の一つでもあったわけだし。

「お、あんなところに木苺が自生していたのか」

廃屋の裏手に真っ赤な粒々が見えたので回り込んでみたら、びっしりと木苺が自生していた。

ここに住んでいた人が植えたのかもしれない。もう家主もいないから摘んで食べちゃってもいいよね。

って今更か。廃村周辺で採集をし続けているしさ。

適当に摘まんで、と手を伸ばしたら頭の上に何か生暖かいものが乗っかった。

「エリックさーん」

「すみよん、いっぱいあるし、俺が食べてもいいだろ？」

生暖かい何かの正体はすみよんだった……というかすみよん以外にこのようなことができる者はいない。

計ったかのように出現したから、「木苺はワタシのでえす」とか言うのかと思ったら違ったんだ。

「赤いのもおいしいでえす。こっちは食べないいんですか？」

「こっち？」

「これでえす。引っ張ると出てきますよー」

「これって」

緑の蔓をちっちゃな手で指し示すすみよんに導かれるように、しゃがみ込む。

試しに蔓を引っ張ったら、ぶちっと切れてしまった。

気を取り直して蔓を辿ると地中に続いていることが分かる。

土を手で掘り返し、根っこを引っ張ったら芋が出てきた。

水……は、ちょうど水袋を持っていたのでそれで芋を洗い流す。すると土が取れ紫の皮が露出した。

「なんの芋だろこれ」

「おいしいですよー。甘いでえす」

「甘いのかあ。サツマイモか何かかな」

「ニンゲンの呼び方は分かりませーん」

「そらそうだよな。持って帰って蒸かしてみようかな」

「食べないんですかー？　イモおいしいでえす」

「そのまま食べたらお腹を壊すかもしれないからさ」

サツマイモはどうだったのか覚えてないけど、ジャガイモを生で食べることは避けた方がいい。サツマイモも似たようなものなのかもと思ってさ。そもそもこの芋がサツマイモかどうかも分からないけど……。

ジャガイモの場合はソラニンという物質がお腹を下す要因だと聞いた気がする。

あれ、でもソラニンって確か熱に強くて加熱しても毒素は消えないんじゃなかったっけ。

加熱しても一緒ならそのまま生で食べちゃってもいいんじゃないかな？

いやいや、加熱することで変な菌とかが含まれていた場合死滅するし、生で食べることはやはり避けた方がいい。そうだよな、うんうん。

それにしてもさもおいしそうにカリカリ食べるね、すみよん。

案外生で食べるとシャリシャリしておいしいのかもしれない？

「食べますかー？」

つぶらな瞳でモグモグしながら見つめられると心が揺らぐじゃないか。

ぐ、ぐう。

いつもは俺に見向きもせず食べるのに、こういう時に限って半分に割った芋を差し出してくるなんて卑怯だぞ。

しかし、俺は人間である。

土がついたままの芋を食べることはできないんだ。

ふ、ふう。土がついていたから思いとどまることができた。

「木苺の方を食べるよ」

「甘いですかー？」

「んー。酸っぱいな」

「酸っぱいですー。甘いのがいいでえす」

すみよんにも木苺を齧(かじ)らせたら、お気に召さなかったようである。

この木苺、とんでもなく酸っぱい。これならレモンを食べるのと変わらないくらいに。

おっと、ここで油を売っている場合じゃない。エリシアのところに向かわなきゃ。


「お邪魔します」

「お邪魔でえす」

エリシアの家の扉口で鈴を鳴らす。

すぐに中から「はあい」との声が聞こえてきて扉が開く。

「こんにちは」

「来てくださりありがとうございます」

「調子はどう？　ヒールをかけ直しに来たんだ。それと、良かったら体調の変化を教えて欲しい」

「もちろんです」

相変わらずエリシアの顔色は優れない。ふらつく様子が無いように見えるのはタイミングが良かったからだけなのだろうか。

フラフラしている状態なら誰かが訪ねて来ても立たないように、とは彼女と約束している。

どこまで彼女が約束を守ってくれるかは分からないけど、現状を見る限り足どりもしっかりしていてホッとした。

「さあ、どうぞ」と彼女が招き入れてくれたところで、彼女は「はて」と首を傾げる。

「もう一方いらっしゃいませんでしたか？」

「気のせいじゃない？」

彼女に指摘されて初めて気が付く。

木苺を食べて、そのまますみよんがついて来ていたんだよな。今彼は俺の足下でお座りしている。

下に目を向ければエリシアとてすぐに気が付くものだが、俺と会話をしているからかすみよんの姿が目に入っていないようだった。

人間、そんなものだよな。他に気を向けることがあると足下がおろそかになる。

すみよんが人の言葉を喋ることって秘密にした方がいいものか、そうじゃないのか迷うんだよな。

俺の対応としては俺から彼が喋ることができることを伝えない、としている。

すみよんの動きを見ていると、どうも彼が喋ることができることを隠さない相手を選んでいるように思えてさ。

この前もキッチンにゴンザらが来るといつの間にかいなくなっていたりしたからさ。

そんなわけで誤魔化してみたのだけど、彼の答えは俺の気遣いなど無用だった。

「すみよんでえす」

「きゃ！　ど、どこですか？」

「ここにいまあす。リンゴ食べますかー？」

「リンゴ……？　あなたがお喋りしたのですか？」

ようやくすみよんの姿に気が付いたエリシアは小さく悲鳴をあげその場でしゃがみ込む。

突然の「リンゴ食べますか？」は彼女には理解不能だったらしく、問いかけに対し問いかけで返す彼女であった。

ちなみに、リンゴはすみよんの手には無い。

ひょっとしたら「リンゴ食べますか？」はすみよん流の「ごきげんよう」みたいな表現だったのかもしれ……いやいや、さすがにそれはないよな。

胸に手を当てて大きく肩で息をしているエリシアが、今度は俺に目を向ける。

「エリックさんのお友達ですか？」

「ま、まあ、そうだね」

どう答えたらいいものか迷いつつ肯定した。

友達と言っても差し支えない。ペットでもないし、姿が動物なだけで人と接するのと変わらないものな。

対するエリシアは両手を合わせ、喜色を浮かべる。

「こんな素敵なお友達がいらっしゃったんですね！　とても可愛いです！　ごめんなさい、リンゴは持ってません」

「そうなんですかあ。リンゴ甘いでえす」

「甘いですね」

「木苺食べますか？」

こらああ。さりげなく木苺を渡すんじゃない。持ってきてたのか、抜け目のないすみよんめ。

とんでもなく酸っぱい木苺だからエリシアには刺激が強いかもしれないものな。

事情を説明し、木苺を回収する。

あ、そうだ。合うかは分からないけどこの木苺を使ってみよう。

「キッチンを少し借りていいかな？」

「構いませんが、おもてなしできず……」

「エリシアさんはしっかり休んでもらわなきゃいけないからね。お茶くらい淹れさせてよ」

「ありがとうございます」

「すみよんも適当に」

「分かりましたー」

と言って俺の肩に乗るすみよんであった。

正直言って邪魔なんだけど……。毛がお湯の中に入ったりしそうだし。しかし、「適当に」と言ったのは俺だ。

細心の注意を払いつつお湯を沸かし、木苺をすり潰す。

出てきた果汁をペロリと舐める。

「やっぱり酸っぱいな。本当に木苺なのかなこれ……」

「甘くないでえす」

不満げな声をあげるすみよん。

だけど、この味ならいけそうなんだよな。

「お待たせ」

「何から何まで……」

「お好みでこれを入れてみて」

ティーセットと共に木苺の果汁を入れた小瓶をコトンと置く。

おっと、もう一つあった。パリパリする水あめも付けておかないとね。

お茶菓子も用意したかったところだけど、体調の悪いエリシアに何を持って行くべきか悩み、結局手ぶらで来てしまった。

「すみよんには何もないのですかー?」

「んー、そうだな。ほい」

さっきの芋をテーブルに置くと早速食べ始めるすみよんである。

同じものだけど、平気なようで良かった。

「酸っぱいから注意してね」

「はい。では、少しだけ」

注いだばかりで湯気をたてる紅茶に数滴木苺の果汁を垂らす。

んー、思った通りだ。

数滴垂らすことで木苺の香りが鼻孔をくすぐり、ほのかな酸味が紅茶によく合う。

「香りが素敵ですね。おいしいです」

「そこで拾った木苺なんだ。味がレモンにそっくりだったから紅茶に垂らしてもおいしいかなと思ってさ」

「木苺が自生しているのですね。これほど酸味のある木苺は珍しいですね」

「うん、俺も初めてだよ」

どうやらエリシアは紅茶が好きらしく、茶葉談義に花が咲く。

普段何気なく飲んでいる紅茶だけど、この世界にも様々な品種があるんだなあ。

俺が飲んでいるのはグラシアーノに「紅茶を頼む」と依頼して持って来てもらったものだ。

渋みがなく、飲みやすい紅茶である。

「エリックさんのヒール効果でしょうか。ここ二日間、一度もくらりとすることがなかったです」

「それは何よりだよ。だけど、顔色が良くなっている感じはしないなあ」

「そうですね。肌の調子も殆ど変化はありません」

「ヒールの効果が体調が悪くなるのを抑えているのかな。治療効果はないかもしれない」

「そのようなことはありません。普通に歩くことができて嬉しいです」

そう言ってくれるエリシアだが、正直ヒールの回復効果で相殺しているに過ぎない。

徐々に体力が減っていくバッドステータスをヒールで回復させているものの、バッドステータス自体は消えていない……状態なのだと思う。

バッドステータスの元になっているものを何とかしないと彼女の体調が戻ることはない。

とはいえ、減りと回復が均衡状態を保っているのなら、ひとまず大丈夫なのかな？


この後、ヒールをかけてエリシアの家を後にする。

芋と木苺を採集した辺りでせっかくだから木苺をもう少し摘むかと立ち止まり、すみよんに声をかけた。

「先に帰っていいてくれていいよ。木苺を持って帰ろうと思ってさ」

「すみよんも芋を食べたいでえす」

「分かった。芋ももっと取ってくれってことだな」

「さすがエリックさんでえす。今日は芋沢山ですし、珍しい事象も直接見ることができました」

ん、今さりげなく重大なことを口にしたな。

「珍しい事象って？」

「さっきのニンゲンですよお。エリックさーんのお友達なのでしょう？」

「まあ、そうだな」

「すみよんは恥ずかしがり屋さんなので、知らない人にいきなり会いに行くなんてことできませんー」

「……言いたいことは沢山あるけど、珍しい事象ってエリシアの体調不良の原因のこと？」

「魔力結晶でえすよお。久しぶりに見ましたー」

「元に戻す手段ってあるのかな？」

「ありますよ。もう二度と見れないかもしれませんけどいいんですか？」

いいも悪いも魔力結晶とやらが彼女の体調不良の原因なら取り除きたいに決まっている。酷(ひど)い言い方だけど、すみよんも心配して診に来てくれたんだと思う。

そうじゃなきゃ、わざわざ確認しに来ないはず。俺の友達だと認識している人だから、わざわざ診に来て推定を確信にしたかったのだろう。

「どうやったら魔力結晶を治療できるのかな？」

「『スター』です。スターを注ぐか食べればいいんですー。甘くないでえす」

「甘くなくても治療できるならそれで。スターってあの空に浮かぶ星のことじゃなくて、スターと呼ばれる食べ物のことなの？」

「そうですねえ。『合成』が必要でえす。残念ながらすみよんは合成の専門ではないのですみよんじゃない動物人に頼んでくださいー」

「表現がややこしい……。その人のところに頼みに行ってスターを作ってもらえばいいってこと？」

「そうですねえ。行きますか？」

「う、うーん」

エリシアを治療することはやりたい。だけど、彼女にばかり時間を使うわけにもいかないんだよな。

スターを合成できる人物が近くにいればいい。

すみよんに聞いたら「すぐそこ」と返ってきそうだが、彼の距離感はおかしいからなあ。

よっし、一旦スフィアにも聞いてみよう。彼女が魔力結晶とやらのことを知っているのなら詳しく聞きたい。

「そんなわけでやって来ました」

「え？　何……？」

「あ、こっちの話。様式美ってやつだ」

「ふ、ふうん、街での流行りなの？」

「さ、さあ？」

「あなたが言い始めたことなのだけど……」

んーとお互いに首を傾げる。

気を取り直して……っと。そんなわけでやって来ましたスフィアの家に。

宿の隣で歩いて数十歩の距離なのでわざわざ来たというよりは寄ったが正しい表現なのかもしれない。

それにしても彼女の家は殺風景だな。最初に設置した大きな樽以外には俺が運んだ椅子とテーブルくらいしかないぞ。

奥にある彼女の部屋はさすがに家具がいくつかはあると思うけど。

作業場だからこのままにしてあるんだよな、きっと。

「どうしたの？　お酒？」

「酒は飲んだ分作ってもらったから問題ない。追加も明日に納品してもらう予定だし……しかし、そろそろお金を渡してもいいんだが」

「ううん、作った分からお酒を料金として頂いているから大丈夫よ。たまに差し入れも持って来てくれてるじゃない。あなたの料理、本当においしいんだから」

周囲を見渡していたらお酒の話とは、彼女の脳みそは酒でできているようだ。赤の魔導士と呼ばれるくらいなのだから聡明で天才肌なのだろうけど、酒癖で全て台無しに……。

「そうかな、スフィアなら街で色々評判の店とかで食べてるんじゃないの？」

独自で魔法を開発しちゃうようなすごい人なのに。勿体ない、勿体ない。

毛色は相当異なるが、某天才錬金術師もだよな。冷凍庫をホイホイ作っちゃうほどの天才的な実力を持ちながら、アレだもの。

天才と何とかは紙一重というのは真実なのだな、と最近よく思う。

失礼なことを考えている俺と異なりスフィアは真面目に過去を振り返っている様子。

指を口元に当て、目を瞑り、開く。

「『おいしい』と聞いて食べに行ったことは何度もあったかな。だけど、何だろう、おいしいって味だけじゃないの」

「そうなの？」

「お酒……は別ね」

「酒の話が混じると歪むから、酒抜きで頼む」

「何だか酷くない？　マリーさんは目に入れても痛くないって感じなのに」

「そんなことないって、うん」

どうどうと彼女をなだめるも、きっと俺の目は泳いでいる。

対する彼女は目を閉じ首を振り眉根を寄せた。

「出会い方が最低だったものね……後悔しているわよ。だけど、過去を振り返っても仕方ないもの」

「そらそうだ。過去は過去、今は今だよ。ま、まあ、俺の対応のことはいいから、『おいしい』の続きを聞かせてくれないか？」

「味は確かに重要よ。だけど、こう『落ち着く』とか『癒される』って気持ちになるの。子供の時に食べたこともない料理だけど何だか『懐かしい』とか、そんな気持ち」

「なるほどなあ。ある種の癒しか」

「あなたの料理にはそれがある。清酒もある、にごり酒もある」

「こら、後ろ……でも、ありがとうな。感想が聞けてとても嬉しいよ。宿のコンセプトは『癒し』

だ。料理でも『落ち着く』とか『ホッとする』と思ってもらえるようにこれからも頑張りたい」

「お酒の話をしていたら飲みたくなってきたじゃない……飲む」

「待てぇえ。まだ昼間だぞ。いや、飲んでもいい、だけど、聞きたいことがあって来たんだよ」

こ、このポンコツめぇ。これさえなけりゃ超優秀な一流の魔法使いなんだけどなあ。

酒瓶を直接口に付けようとするスフィアを後ろから羽交い締めにしてすみよんに目くばせする。

心得たとばかりにすみよんが酒瓶を掴み、元の位置に置いた。

「な、何よお。師匠まで酷い」

「面白そうだったのでつぃー」

「師匠はブレないわよね。面白いか面白くないかだもん」

「そうですよお。あと甘いか甘くないかでえす」

戻って来たすみよんが長い縞々の尻尾を振りつぶらな瞳をぱちくりさせる。


「スター？　聞いたことないわ」

「スフィアでも知らないかあ。なんか『合成』をして作り出すとか何とか」

「スターと合成って師匠が口にしたのかな？」

「うん」

じっと二人揃ってすみよんを見やるが、するすると柱をつたって外に出て行ってしまった。

気まぐれな彼の行動に対し、俺はもちろん彼との生活が長いスフィアはため息さえつかずそのまま続ける。

「師匠が言う人が、私たちの世界で知られているとしたら相当な人物のはずよ」

「有名どころってこと？」

「有名か無名かはわからないけれど、合成の魔法を使えて実力が図抜けている人じゃないと作れないものだと思う」

「うーん、ヒールしか分からないからなあ。スフィアは合成の魔法を使うことができるの？」

「いえ、全く使えないわ」

合成って聞いたら俺が想像するのは魔法は魔法でも錬金術の方なんだよね。

錬金術は何か薬剤を媒介にして物質と物質を混ぜて結合させて別の物質を作る……こともあると聞いた。

その際には魔力も使うそうで、錬金魔法って言うそうだ。

事象としては合成なのだけど、呼び名が錬金魔法になっているのですみよんが言う「合成」とは別物だろう。

なので錬金術ではない魔法なのかなと思ってスフィアに聞いてみると、正解だった。

だが、彼女は合成の魔法を使えないようだ。

「誰か知り合いとかに使える人いない？」

「うーん、知ってる人はいないかなあ。あ、そうだ。星屑（ほしくず）の導師を頼ってみたら？　合成の魔法を使えるとか聞いたかも」

「そんな伝説的な人物をあげられても困る……」

「じゃあ、湖の賢者はどう？　賢者だけに物知りだから何か知っているかも？」

「だ、だからだな」

「なあに」と不思議そうな顔をされても困る。

もうちょっと気軽に会うことができる人物を紹介してくれるとかはないのか。

彼女の物言いからして導師や賢者がいる場所を知っているわけじゃなさそうだしなあ。冒険者ギルドで伝説となっている三人物のうち二人をあげられてもどうにもこうにも。

……待てよ。

そうか、冒険者ギルドで聞いてみるってのはいい案かもしれない。

「どっちに会いに行くの？」

「会いに行かない……ギルドに行って聞いてみる」

「星屑の導師の？」

「そこから離れて……いや、スフィアは酒を飲んでればいいよ」

「え？　いいの？」

「待て、俺の前では飲むなよ。恥ずかしい姿になられても俺が困る」

「な、ならないもん」

「ほんとかなあ」

「な、ならないんだもん」

顔を真っ赤にしてブルブルと首を振る姿が普段の凛とした美人とギャップがあって不覚にも可愛いと思ってしまった。

これがギャップなんとかってやつか。

でも、彼女にはここじゃなく部屋で飲んでもらうという意思を変えることはないのだけどね。

「ありがとう、じゃあ、飲みの邪魔になるし、そろそろ出るよ」

「飲まないの？」

「いや、俺と飲んだらスフィアが困るだろう」

「いつも一人飲みじゃない。お酒を飲むのって誰かと飲むのが楽しいのよね」

「それは重々理解できる。至極同意するよ」

俺は飲むことそのものよりも、誰かと顔を突き合わせてお喋りできるのが酒を飲むことの楽しさだと思っている。

食事をするだけだったら、食事が目的でお喋りはついでだろ。

だけど、酒が入ると違う。お喋りが目的になるんだよね。

期待の籠った目で俺を見つめてくるスフィアが朱色の唇を動かす。

「じゃ、じゃあ」

「待て、今は昼間だ。昼から飲むわけにはいかないのだ」

暗に断ったつもりだったが、彼女はまだ諦めていない様子。

手を伸ばしてきたのは俺の腕を掴んで「お願い」でもしようと思ったからだろうか。

酔っ払っていない時の彼女はライザ以上に俺の体に触れることをしない。

いや、ライザは多分俺の体に触れて抱きしめる必要があれば恥じらうことも無く抱きしめるはず。

彼女の場合はおしとやかというか何というかボディタッチをすることに戸惑いを覚えるらしい。

日本の感覚からすれば当然のことであるのだが、この世界……は言いすぎだな、キルハイムの街ではそうではない。

握手だけじゃなくて、別れる時とか久しぶりに会ったりした時にハグをするような文化である。

西洋のように頬にキスするなんてことまではないけど、まあ、あまり抵抗なく相手の体に触れる習慣があるってことさ。

酔っ払ってない時は奥手な方なんだよなあ。飲んだ時もこれならいいのだけど……。

「エ、エリックさんなら酔った時の私のことも知っているし、もう今さらじゃない？」

「それなら同性と飲めばいいんじゃないのか……いや、忘れてくれ」

「お、お友達がいないわけじゃないんだから」

「分かってる。廃村暮らしの同性に酒が飲める人がいないなと思って」

振り返るほどの住人はいないけど、一応列挙してみよう。

まず看板娘のマリー。彼女はまだお酒が飲めない。

次、新しく廃村にやって来たエリシア。彼女は現在体調不良で療養中のため、酒は控えて欲しい。

彼女自身も飲むことを望まないだろう。

もう終わり？　いやいやまだいるぞ。

ジョエルのメイドのメリダのことを忘れていないか？　彼女はマリーにそっくりで、年齢も近い。

なので、彼女もまだお酒が飲めないのである。

いや、まだいる。コビト族の中には女性もいた。だが、人とサイズが違いすぎて一緒に飲むことは難しそうだ。

そんなわけで、スフィアと酒を酌み交わすことのできる相手はいないのである。

「あ、いるかも。でも、同性……と言っていいのかなあ。そもそも酒を飲むのかも分からない」

「え、誰？　そんな人いた？」

「いや、忘れてくれ」

「そ、それはさすがに酷いんじゃない？　期待した私の胸の高鳴りをどう治めれば」

思いつきで口走るものじゃないな。口は禍の元とはまさにこのことである。

浮かんだのは廃村にいない人物で人とはかけ離れた存在だ。

「すまん、俺の思い違いだったんだよ。彼女はアルコールを口にしないんじゃないかなって」

「そう、それなら仕方ないよね……」

しゅんとするスフィアに心の中でもう一度謝罪する。

だって、さすがに蜘蛛のアリアドネを紹介するわけにはいかないよな。

彼女は積極的に人と接触するような存在じゃなさそうだし、縄張りまで行ってもし「敵対認定」されてしまったら目も当てられない状況になってしまう。

「マリーちゃん、清酒追加でー」

「はあい」

「こっちは魚だったら何でもいいやー」

「では揚げ物で持って行きますー」

　ひっさびさに味わうな、この感覚。今は宿経営の中で最も忙しい時間の真っ最中だ。

　宿の夜は戦争である。数日休んだ後で開店したにもかかわらず、レストランはお客さんでいっぱいになった。

　宿の前に「本日営業」と掲げているだけで、営業するしないを知るにはそれを見るしかない。

　宿ではレストランのみの営業というものはやっていない。宿泊営業をやっていない日はレストランも営業していないのだ。

　そんなわけで「本日営業」を掲げていなければ全ての業務を停止していることになる。

　まあ、事前告知をしているわけでもないし、していたとしてもこの場にいない人に伝える手段もない。となると、当然のことながら営業してない日にお客さんが来ることもある。看板を見てやっていないと分かると野営をすると今日いるお客さんから聞いた。

　今のところほぼ全てのお客さんが冒険者なので、冒険ついでになる。たまに休暇のために来てくれる冒険者もいるにはいるがまだまだ少数だ。

俺の知っている限りライザやゴンザ以外にあと一、二パーティいるかいないかくらい。今後きっと休暇を楽しむお客さんが増えてくるはずだ。

「清酒お願いー」

「こっちも清酒を頼む。冷たいのを」

「こっちは魚のアライってのを」

清酒がとても好評だ。お、「洗い」がまた出た。

まだまだ準備をしているから大丈夫だぜ。

「魚の洗い」とは、新鮮な魚を切って氷水で冷やし提供する刺身のことである。

生で魚を提供して大丈夫なのか、と心配することなかれ。

誰も知らないのをいいことに「洗い」とメニューに記載したんだよね。

「氷水で冷やして提供する」ってところだけ使わせてもらった。

清酒も洗いも氷でキンキンに冷やして提供する。

このキンキンなのが休業明け初提供になるので、みんな注文してくれているのだと思う。

冒険者って新しいもの好きな人が多いからさ。

多かれ少なかれ「未知の探検」という要素に惹かれて冒険者になったのだから、初物には興味を惹かれるものなんだ。

俺も、同じくである。

天才錬金術師から頂いた冷凍庫を活用すれば氷も容易い。

どうやらキンキンに冷えた料理も清酒も好評なようで追加注文が相次いでいる。

「ふう……落ち着いてきたか」

「はい！　お料理の注文は止まりました！　後は飲み物がちょこちょこと」

「料理は出ている分で足りそうだな。俺たちの料理を準備し始めようと思ったけど、もう少し待ってもらっていいかな？」

「もちろんです！」

えむりんの鱗粉も十分な量があることだし。部屋の「お土産」に使うには不安が残るのだよね。

彼女の鱗粉は暖かくなると昇華し消えてしまう。痕跡も残さないので、味もなくなる。

鮮度が命の素材である鱗粉は使いどころを選ぶ。

だけど、砂糖の魅力は使い辛さなどなんのそのだ。

「先日と同じものになるけど、マリーも食べる？」

「いいんですか!?　もちろん頂きたいです！」

「じゃあ、俺とマリーの分も作っちゃおう。そうだ、ついでにメリダとランバートにもおすそ分けしよう」

「お二人とも喜びます！」

ジョエルのメイドと騎士には渡して本人には渡さない対応をしても変な気を遣うこともなくなった。

彼は自分の舌のことを重々承知している。なので、逆におすそ分けを渡すと気を遣わせてしまう。だったら主人に渡さないのだから部下にも渡さないと考えるのが普通だろう。

しかしだな、彼はメイドのメリダと騎士のランバートにおすそ分けをするととても喜んでくれるんだ。

二人は恐縮しきりだけど、主人はにっこにこでさ。彼の顔を見て二人も受け入れてくれた。

彼は二人に「おいしそうに食べてる姿が見たい」と言っていたっけ。

「みんな、甘いモノは大丈夫かなー？」

テーブル席に問いかけると「おお」と野太い声が返ってきた。

スイーツとは合わなすぎる光景だよな。日本でたとえるなら、場末の居酒屋でおっさんたちがグダグダ飲んだくれている、というのが俺の印象である。

冒険者はベテランでもせいぜい四十代までで、若者の方が断然数が多い。

一番多いのは二十代前半かなあ。

怪我（けが）をしたり、冒険者として稼ぎ生活していくことが困難になったりで二十代のうちに引退していく者も多い。

体力の衰えが著しくなってくる四十代で未（いま）だに冒険者を続けている者は例外なくそれなりの実力を持っている。

ある意味、四十代のおっさんだからという理由で依頼を任せてもいいくらい。

「下ごしらえはしてある。あとは焼くだけだ」

生地は準備済みだし、クリームは冷蔵庫に入れてある。

そう、彼らにデザートとして提供しようとしているのはシュークリームだ。

氷は十分に味わってもらったが、えむりんの鱗粉はまだだっただろ。せっかく遠いところを来てくれたのだから精一杯もてなしたいと思ってさ。

「マリー、みんなに持って行ってー」

「はい！」

できたてホヤホヤのシュークリームを一人一個になるようマリーが手渡して行く。

若者も中年も揃って頬が落ち、カスタードと生クリームの甘さに酔いしれているようで何よりである。

見ていて癒される光景でないことは確かだけど……。

俺はこの後、癒されるマリーの顔を見ることができるけどね。

彼女は本当においしそうに食べてくれて、見ているだけで嬉しい気持ちになる。

「みなさん、とっても満足してくださっているみたいですね！　どうかされましたか？」

「いや、満足してくれているようで良かったたって思ってね」

「もう蕩けるような甘さなんですもの！　絶対、絶対、みなさん気にいっていただけると思ってました！　もう、想像しただけで頬が落ちそうです」

「甘いモノって中々食べられないから、余計においしく感じるものだよな」

「いえ、エリックさんが作るお料理だからですよ！」

面と向かって満面の笑みで言われると照れるな……。

マリーは笑顔だけじゃなく、猫耳をピコピコさせて尻尾もピンとして、全身で喜びを表現している。

思わぬところで食べる前に彼女の笑顔を見ることができて、こっそりテンションがあがる俺であった。

さあて、後は片付けをしてからご飯にしよう。

第三章　ピクニックとサハギン

「エリックさん、ジャイアントビートル牧場を作ってたんだったら教えて欲しかったな」

「いや、そんなわけでは……」

キラキラと目を輝かせるジョエルを横目に動揺が隠せないでいる。

俺が愛用し世話になっているカブトムシは中央に鎮座しじっと俺の指示を待っていた。

これだけならいつもの光景なのだけど、メタリックブルーのカブトムシの左右を固めるメタリックオレンジとメタリックグリーンのカブトムシ。

どうなってるんだ？　昨日までは確かに一体だった。

一夜でカブトムシが一体から三体に増えているなんて一体全体どうなっているのか訳がわからない。

理由を知るのはあの小動物以外にはいないはず。

「すみよーん！　近くにいる？」

「ここにいますよー」

呼びかけたら頭の上に生暖かい感触が。

突然出てきたワオキツネザルのようなワオ族のすみよんの姿にもジョエルがビックリする様子は

なかった。

彼の後ろに控えた騎士ランバートは大きく目を見開き、腰の剣に当てようとしたのだろう手が途中で止まっている。

もう一人の彼の従者であるメイドのメリダはこの場にはいない。

マリーと同じくカブトムシが苦手だったらしく、彼女は厩舎(きゅうしゃ)の外でこちらの様子を窺(うかが)っている。

マリーと共にね。

さて、意味の分からない状況になってしまったが、話を整理することにしよう。

昨晩のことである。

俺とマリーはジョエルら三人と遅い夕食をとることにしたんだ。

「遅い時間になっちゃってお腹(なか)ペコペコだよな」

「僕のわがままだから気にしないでよ」

「先に食べててくれてもいいんだよ。食卓を囲んでくれるだけでも楽しいし」

「せっかくなら一緒に食べたいんだ。お屋敷では僕一人か父様と二人で、みんないても後ろだし」

「お屋敷だとそうなっちゃうんだなあ」

「ここでは朝もお昼もメリダとランバートと一緒に食べることができるから、楽しいよ」

「うんうん、食事は一人より二人」

「二人より三人だよね！」

にししとジョエルと顔を見合わせ笑い合う。

宿のレストラン部門は好調で、最後にシュークリームを出してようやく終わりとなった。

片付けをしつつ、遅すぎる夕食を作ってジョエルたちを招く。

ジョエルだけは別メニューで、メリダとランバートは俺とマリーと同じ食事になった。

本当はジョエルも同じメニューを食べたいだろうけど、彼の味覚の事情から難しい。

食べられないものを無理して食べるよりは、少しでもおいしく食すことのできるものを食べた方が断然いいよな。

ってことで、彼もメニューに関しては完全に同意しているので問題ない。

「今日は魚なんだね！　エリックさんの出してくれる魚は不思議だよ。味を別々に感じることがない」

「汽水に住んでいる魚を汽水の塩気で味付けしているからね。ジョエルの味覚を解明できていないけど、魚なら生息地の水を使うことは平気みたい」

「そうなんだ。自分のことながら面白いね」

「あはは。かなり待たせちゃったけど、明日ピクニックにでも行かないか？」

「いいの？　嬉しいよ！」

「楽しめるようなアトラクションや絶景があるわけじゃないけど、近くに川があるんだ。そこで釣りでもしながら釣った魚を調理しようかなって」

「楽しそう！　メリダ、ランバート、行ってもいいかな？」

はしゃぐジョエルは本当に楽しそうで、彼の姿を見たメリダの目元が潤んでいる。

ランバートも隠してはいるが、何かしら感じ入るものがあるようで僅かながら肩を震わせていた。

「もちろんです！」

二人の声が重なり、思わず彼らが顔を見合わせる。

彼らの様子が面白かったようで「あはは」と笑うジョエル。

彼の声に惹かれて来たのか、ひょっこりとすみよんが窓から入って来た。

「エリックさーん、リンゴありますかー？」

「リンゴもビワもブドウもあるぞ」

「いただきまあす」

「待て、皿に載っているのはジョエルのだって」

「いいよ、一緒に食べようよ、すみよん」

「分かりましたー。一緒に食べましょうー」

いつの間にか仲良くなっていたすみよんとジョエルである。

確かこの前の宴会の時からかな？　味覚の関係上、フルーツを食べることが多いジョエルとフルーツを主な食糧としているすみよんの相性は良かったらしい。

喋る動物なのだけど、ジョエルは人と接するように普通に接しているな。

すみよんの見た目が動物だったこともあり、人見知りも顔を出さなかったのかもしれない。

すみよんもジョエルも人を選ぶからなあ。そういうところも馬が合った理由なのかも。

そんなこんなで二人の会話が続く。

「待ってね、先に魚を食べるから」

「そうですかー。魚好きなんですかー?」

「エリックさんの作ってくれる魚は好きだよ。はじめて味がしたんだ」

「甘いでえす?」

「フルーツも好きだよ。甘いとか酸っぱいとか」

「甘いのがいいでえす」

「そうだね!」

すげえ、すみよんをいい感じであしらっている。

いや、ジョエルにはそのような気持ちはないか。だからこそすみよんが気にいったのかもしれない。

ほのぼのした気持ちで眺めていたら、唐突にすみよんが首から上だけをこちらに向けた。

百八十度近く首が動いていて、少し怖い。人間とは可動域が全然違うんだな。

「芋が欲しいでえす」

「洗ってストックに入れてるよ。ジョエルが魚を食べているからすみよんは芋?」

「そうでえすよお。この魚、どこでとってきたんですかー?」

「北の湖だよ。汽水の魚なんだ。底生魚だから変わった形をしているだろ」

「そうなんですかー。すみよん、魚にはあまり興味がありませーん」

「ははは、次に行った時にはフルーツも探してくるよ」

「すみよんも行きますー」

次行く時にはついてきてくれるらしい。すみよんがいると謎のすみよんセンサーでフルーツの位置を探知してくれるからありがたいぞ。

……なんてことがあって、今を迎えたわけで。

ジョエルがカブトムシのことを気にいっていたし、近くの川でもコンテナがあると楽ちんだからさ。

なのでカブトムシを連れに厩舎に来たら、カブトムシが増えていた。

そして、現在に至るってわけなんだよ。


カブトムシが増えており、ジョエルが無邪気に喜んでいる。

俺の出した結論とは……。

「んじゃ、行くか」

いつものメタリックブルーのカブトムシの角の辺りを手のひらでペタペタして動くように促す。

そう、ここにはメタリックブルーのカブトムシしかいない、そうに違いないのだ。

他は幻である。スフィアかすみよんが俺に幻を見せているんじゃないだろうか。

カサカサカサ。

俺の動きに合わせてメタリックブルーだけじゃなく、オレンジもグリーンもついてくる。

「ぶ、分身……？　光の加減で分裂して見える……？」

「分身じゃありませんよお。ちゃんと実体がありますー」

現れてからずっと俺の頭の上に乗っていたすみよんから突っ込みが入る。

そうだった、そうだった。

そもそもすみよんに対し呼びかけたのはオレンジとグリーンカブトムシがいたからである。

現実逃避の結果、変な方向に動いてしまった。

気を取り直し、正気に戻った俺は改めてすみよんに問いかける。

「オレンジとグリーンのジャイアントビートルはすみよんが？」

「はいー。エリックさーん一人でお出かけじゃないと聞きましたのでぇ」

「昨日、ジョエルたちと食事をしている時にすみよんもいたものな。彼らと出かけるといってもすぐそこの川だよ。ビーバーたちのいるところ」

「そうなんですかー。ジョエルはしょっぱい水の中にいる魚と言ってましたよお」

なるほど、やっとすみよんの意図を理解できた。

北の湖までジョエルたちを連れて行くのでカブトムシ一体じゃ彼ら全員を運ぶことができない。

すみよんの認識だと、俺とマリーに加えジョエルと彼の部下二人……従者と表現した方が……いやそれも微妙なところ。

ともかく、俺を含めて五人が北の湖まで出かけると考えていた。

カブトムシの乗車人数は三人までだから、一体では足りない。

そこで、二体を追加して三体ならば九人まで運ぶことができるようになり、五人でも足りるというわけである。

「ありがとう、すみよん。でも、北の湖に行くことは考えてなかったんだ。カブトムシが複数いたとしてもね」

「そうなんですかあ」

「そうなんだよ。俺一人だと全員を護衛することができないからさ」

「必要ないですよお」

「そういうわけにもいかないさ。怪我(けが)したら大変だしね」

「必要ないですが、エリックさーんが護衛が欲しいのでしたら弟子を連れて行きますかー?」

「スフィアを?」

「はいー。暇してますし、それとも大好きなアリアドネにしますか?」

「ア、アリアドネは勘弁して……」

スフィアならともかく、人であるジョエルたちにアリアドネを見せるわけにはいかない。

驚かれるってレベルじゃないだろう。彼女の力が強大すぎて、彼女が意識しなくとも脆弱(ぜいじゃく)な人は圧を受けてしまうし……まともに行動することができない。

すみよんが何か合図を送ったのか、すぐにスフィアが厩舎に顔を出す。

「エリックさん、どうしたの? ジャイアントビートルが増えてるし……」

「エリックさーんがスフィアのぽろんが見たいらしいですう」

「ぽ、ぽろん……エリックさん、明るいうちからそんな」

「待て！　マジで待って！」

真っ赤になって両腕で胸を覆い涙目で睨まれても困る。

幸いここにはマリーとメリダがいない。カブトムシを怖がって外で待機しているからね。

変なことを言って誤解されたらどうするんだよ。

「北の湖まで護衛役をやってくれないか？」

「散歩ね、たまには遠出するのも悪くないかな、今から行くの？」

「うん、そのためにすみよんがビートルを二体も追加してくれたんだよ」

「師匠……本気ね。エリックさんは師匠に相当好かれているわね」

「そ、そうなのかな……」

「ビートルを二体も追加なんて大盤振舞いよ」

唇を尖らせて言われましても、カブトムシの市場価格なんて俺が知っているわけもなく、曖昧な笑みを浮かべることしかできなかった。

市場価格は分からないけど、メタリックブルーのカブトムシの価値は分かる。

やり手商人グラシアーノが欲しくてたまらない様子だったのに完全同意だよ。カブトムシは馬より速く、悪路に強く、より多くの荷物を運ぶことができる。

馬なら荷物を運ばせるために何か他の道具なり装具なりを準備する必要があるのだけど、カブトムシには備え付けのコンテナまであるんだよね。

まだある。カブトムシは馬より食事量が少なく、特に水の摂取量が極めて少ないんだ。

馬は汗をかき、走るために多量の水分が必要なのだけど、カブトムシには必要ない。

まだまだある。パワーもカブトムシの方が上だし……カブトムシと馬を比べた時の利点をあげるときりがないほど。

「ワタシとエリックさーんの仲ですからね」

「ありがとう。色が違うんだけど、確か性能が異なるんだっけ」

「そうですよお。ジョエルは緑に乗るかスフィアと乗るといいでえす」

「すみよんだとアレだものな」

「すみよんはエリックさーんの頭の上です」

「そうでっか……」

ここまですみよんがお膳立てしてくれたものの、正直まだ北の湖に行くか迷っている。

カブトムシを使うとなるとマリーとメリダをどうしようとかさ。マリーは一度街までカブトムシに乗せて行ったことがあるからお願いすれば乗ってくれるとは思う。

だけど、マリーの気持ちを考えるとなあ。

メリダに関しては乗ることができるのかも未知数である。

もう一つの懸念はジョエルの人見知りだ。

スフィアが来たら、カブトムシを挟んで微妙に彼女と距離を置いている。

ん、いや、待てよ。マリーたちのことは一旦措いておいて、ジョエルの仕草に注目しよう。

来た頃の彼は引っ込んで目も合わせようとしなかった。

ところが今はどうだ。スフィアの方をチラチラと見ているではないか。

彼女から歩み寄ると隠れてしまいそうだけど、彼なりに極度の人見知りを少しでも克服しようとしているんじゃないかな。

ならば、俺も一肌脱いでみよう。

まずスフィアが動かないように声をかけ、親しい様子を見せればどうかな？

考えてみたもののいざ動こうとしたらどう喋ったらいいものか悩む。

う、うーん。

「どうしたの？　じっと見つめて……っ！」

「突然どうしたんだよ？」

「な、何でもないわよ。師匠が変なこと言うから」

「……あ、うん」

悩んでいた俺がバカらしくなってきた。スフィアだってジョエルがいることに気がついているよな。自分を見ている理由だって。彼女の場合はギルドの有名人なのでこうして遠巻きに見られることは多々あったのかも。

それでも、まだ少年であるジョエルが赤の魔導士としての憧(あこが)れから彼女を見ていると勘違いすることは無いだろう。彼はどう見ても貴族の坊ちゃんだもの。冒険者に憧れる少年のものとは服装も体つきも違う。

それにしてもスフィアは寒くないのだろうか。人に触れることや肌を見られることを恥ずかしがる割にあの格好は何なのだ。

キルハイムの街だとあの格好が標準？

うーん、確かにスカートが短い女性やらビキニトップのようなものだけで上着を着ていない女性やらもいるにはいる。しかし、よく見るのは冒険者ギルドや短い夏の時期だけ。

冒険者ギルドではテレーズのようなスカウト系の者は軽装なのだ。これはまあ、音をたてなくするためとか仕事をしやすくするためのものである。

スフィアの場合、スカート丈は短くはないけど肩口がないチューブ型の臍が見えそうなくらいの短い丈のぴちっとした服なので、こうして近くで見上げられるとたわわな谷間がまともに目に入るんだよ。見る気が無くとも視界に入るのだから仕方ないだろ。悪気は無いのだ、無いのだからな。

「ま、また黙って、やましい事でもあったの……？」

「いや、魔法使いっぽいローブやベストを羽織ったりするのはどうかなと」

ちょうど良い、ジョエルのこともある。ここらで少し冗談を言い合い盛り上がってみよう。

と思ったのだが、スフィアは顔を真っ赤にしてそっぽを向く。

狸耳をペタンとさせ動揺を露わにする。

「し、師匠が呼ぶから、そのまま来ただけなんだから」

「部屋着のままってこと？　紹介したい友人がいるんだ。そんなおっぱいが溢れそうなのはちょっと……」

渾身の俺の一撃は彼女にとって追い討ちになってしまう。

「師匠が冗談を言ったんじゃなくて、エリックさんが本気で……」

「違う！　断じて違う！　その狸耳に誓ってもいい」

「み、耳がいいの？」

「謎の勘違いをしてきたな。しかし、答えねばなるまい」

「いきなり変な口調……」

「正直、猫耳や狸耳をワサワサしたい気持ちはある。しかし！　獣耳保持者は若い女子だけでどうにもこうにも、なのだよ」

「あ、はあい」

呆れを通り越したのかスフィアから俺が無になった時と同じ返事が来た。

無になるとみんな同じ反応をするのだろうか？　誰か研究を頼む。

残念ながらスフィアに対しては芳しくない結果となったが、ジョエルには効果があったようだ。

「あはは、エリックさん。犬猫じゃダメなの？」

「大きさが違うだろ。ほら、あんなにふわふわでさ」

カブトムシを挟んで様子を窺っていたジョエルが朗らかに笑いながら傍までやって来た。

彼の顔にはもう緊張した様子はない。

「メリダに頼む？　僕から言うよ」

「いや、それはちょっと……」

「エリックさん、誰でもいいなんて不潔だわ」

「スフィア、分かったから少し黙っておこうな。ほら、健全な少年の前だからね」

手で口を塞いでやろうかと思ったが自重する。変な誤解がより酷いことになりそうだもの。

くいくいと襟元を正し、ジョエルの背中をポンとする。

「スフィア、宴会の時に見たと思うのだけど、改めて紹介させてくれ。彼はジョエルというんだ。今、療養のために隣の屋敷に住んでいるんだ」

「ジョエルです」

「ご丁寧にありがとう。私はスフィア、改めてよろしくね。エリックさんから変なことばかり教えられないか不安」

握手するスフィアとジョエルが揃ってこちらを見てきた。

「いやいや、その紹介はおかしい」

「あはは」

「もう、冗談だって」

突っ込むと二人揃って楽しそうに笑う。この分だと大丈夫そうだな。

俺が大切な何かを失った気がするが、気のせいに違いない。

「どうしようか、ジョエル。近くの川の予定だったけど、北の湖まで行ってみる？　スフィアが護衛してくれるから安全は保証する」

「お姉さんが護ってくれるの？」

「そうだよ」

「お姉さんは学者さんみたいだけど、いいのかな？」

「か弱そうってこと？　いやいや……あ、いやなんでも」

謎の殺気に思わず口ごもる。この先を告げるなと俺の本能が訴えかけてきたのだ。

言うまでもないが、殺気の主は破廉恥な狸耳である。

「お姉さん、か弱いけどちょっとだけ魔法を使えるの。だから、『護る』だけならできるんだよ」

「そうなんだ！　すごいなあ、魔法使いさんだったんだ」

「えへへ、ちょっとだけだけどね」

「よく言う……な、何でも無い」

や、やばい。口は禍の元だよな。

優しげな笑顔をジョエルに向けているスフィアの背中から青白いオーラがあがっているように感じる。

余程、か弱いお姉さんが気にいったらしい。

ジョエルはスフィアをよいしょしようとして喋っているわけじゃなく、無邪気に思ったままを口にしている様子だ。

だからこそ、彼女もあのような態度になるんだろうね。全く困ったものだよ。

俺の内心など関係なく、二人の会話は続く。

「お姉さんの魔法を見てみたい気もするけど、危ないことがないのが一番だよね」

「北の湖ならモンスターの姿を殆ど見かけることもないよ。万が一の時は任せて」

「じゃあ、北の湖に行ってみようかな？」

「任せて！」

ジョエルの手を取りきゃっきゃするスフィア。キャラが違いすぎて変な声が出そうになりグッと堪える。

もう、見ていられない……少し席を外そうかな。

そう思った時、厩舎(きゅうしゃ)の外で「きゃー」という声が聞こえた。マリーとメリダかな？

声と重なるようにして、すみよんがてくてく厩舎に入って来て、彼の後ろにひょこひょことビーバーたちが続く。

すみよん、いつの間に外に出ていたんだ？

「エリックさーん、どうぞお。お礼はリンゴでいいそうでえす」

「びばば」

「何のこと……？」

「撫(な)でたいと言っていたじゃないですかあ」

「びばばば」

「そういうことね。じゃあ遠慮なく」

猫耳や狸耳が撫でたいと言ったんだけどなあ、と思いつつもビーバーを持ち上げわしゃわしゃわしゃさせてもらった。

いいねえ。水の中で動きやすくできているからか、すみよんのふわふわな毛とは感触が異なる。

これはこれで良いものだ。

「降ろすよ」

「はいい、お願いしますう」

両手を伸ばすマリーを抱きかかえ、ひょいと持ち上げ地面に降ろす。

ちゃんと食べているはずなのだけど、軽い、軽すぎる。

猫の獣人だからかな？

ここはスフィアを持ち上げて確かめねば、と思ったがあまりに失礼すぎるので自分の興味を引っ込める。

そもそもスフィアとマリーじゃ身長差もあるし。

全く関係ない話だけど、俺は多分キルハイムの街では平均的な身長だと思う。

冒険者の中に交じると小さいほうかもしれない。

ゴンザやザルマンは俺より高いし、女性としては長身のライザと俺はだいたい同じくらいの高さかな。

マリーとスフィアが並ぶとマリーの頭の上がスフィアの耳の上くらいになる。

話が逸れてしまった。

ぎゅっと目をつぶっていたマリーが恐る恐る目を開く。

が、数歩後ずさりぎこちない笑みを浮かべた。

ジョエルの判断で北の湖に行くことになったのだけど、もちろん移動手段はカブトムシになる。

マリーとメリダはお留守番にするか本人たちに聞いてみたら、二人とも同行したいと言ったので、カブトムシに乗ってもらったのだ。

さて、メリダの方はどうかな？

騎士のランバートが淡々と彼女を姫抱きして緑カブトムシから降ろしていた。彼女もまたマリーと同じようにキュッと目を閉じ体が硬直している。

犬耳もペタンとしていてマリーにそっくりだ。

ここまで拒否反応を出しているってことは二人ともよっぽどカブトムシが苦手なのだろうけど、それでも乗ることを決意するって余程同行したかったのだろう。

ならば、せっかくの北の湖を楽しんでもらわなきゃだな！

さて、時を同じくして無表情のランバートや苦手なものを前にし苦渋の表情を浮かべるマリーとメリダとは異なり、もうこれでもかと目を輝かせているジョエルがオレンジ色のカブトムシから降りる。

そうそう、ランバートが操縦した緑にもスフィアが手綱を取ったオレンジにも青のようなコンテナはない。

人数が多くてもピクニックをする分には青のコンテナだけで十分だ。しかし、今回は大きなリュックも持っている。

青のコンテナは左右に一つずつあるのだけど、片方は既に満載でさ。帰りにフルーツやらを採取するかもしれないので念のためにね。

みんなが無事到着したので、俺も最後の仕上げをするか。

膝を折り、青の右のコンテナを開ける。

「びば」

「びばばびば」

特徴的な鳴き声を出しながらビーバーたちがゾロゾロとコンテナから出てきた。

「本当に大丈夫なのかなあ」

「大丈夫ですよお。川でも平気だったじゃないですかあ」

「確かにそもそもビーバーたちは飼育しているわけではないし、今も自然の中で生きているものな」

「湖の深くまでは行かないように、なんて言わなくてもちゃんと危ないと危なくないは感知していますよお。感知を疎かにするのはニンゲンくらいのものです」

肩にするすると登ってきたすみよんが長い縞々尻尾で俺の背中を叩く。

言われてみれば当たり前のことか。ビーバーの生息域が北の湖にまで及んでいるのかは不明だけど……自然下のモンスター、動物、魔物たちは常に弱肉強食の中で生きている。

常に危険を警戒して動いていて当然だよな。

何もドラゴンの前にビーバーたちを置いてくるってわけじゃないんだ。危ないと感じたら水の中から出るくらいはする。

安全な街や家の中で護られている人間とは違うのだ。

「よおおし！　じゃあ、まずはテーブルセットを出そう。ランバートにスフィア、出すのを手伝ってもらえるか？　っうお！」

「ばあー」

「きゃー、えむりんちゃん！　いらしてたのですか？」

マリーが歓声をあげる。

突如顔の前にインセクトフェアリーのえむりんが出現したからビックリしたよ。

彼女もビーバーたちと共にコンテナの中に潜り込んでいたんだろうか……。カブトムシのコンテナの中に潜むのがブームってわけじゃないよな？　この前もすみよんがコンテナに入っていたし、出かける前にコンテナチェックが必須である。

俺が驚いたのが嬉しいのか、クルクルと俺の周りを飛んだ彼女ははしゃぐマリーの肩にお座りした。

えむりんも虫要素あるのだけど、マリーの超お気に入りなのだ。じゃあ、カブトムシの何がダメなのだろう？

飛べないから？

う、うーん。少年には大人気なのだけど、カブトムシ。

太陽の光に反射してキラキラ輝く鱗粉に目を細め考えてみるも、答えは出なかった。

「えりっくー、どうしたのー？」

「ぼーっとしてた！　テーブルセットを用意せねば」

「ぼーっとするー？」

「後からなー」

「そうなのー」

「そうなのだー」

このふわふわした感じがえむりんの持ち味である。無邪気さといつも楽しげに微笑む彼女と接すると自分もふんわりとした優しい気持ちになれるんだ。

いいよね、こういう癒しを宿でも体験して欲しいけど、俺のキャラじゃ無理だな。気持ち悪いだけである。

「ランバート、エリックさんを手伝ってあげて」

「畏まりました」

なんて会話が俺とえむりんが喋っているうちに交わされ、折りたたみ式のテーブルセットが運び出された。

テーブルセットといっても小さなもので全員が食卓を囲めるほどではない。椅子も三脚だけしか持ってきていないのだ。

ジョエルもいるし、雰囲気作りってやつだよ。休む時に椅子の方がいいかもと思ってさ。

俺は元より椅子に座るつもりはなく、地面に腰かけるつもりでいた。いつもそうだしね。

「エリックさん、もう終わったわ」

「は、早いな。じゃあ、今度はこの釣竿を出して……俺がやるよ」

お次は釣りの仕掛け作りだ。複雑なものじゃなく、釣り針に錘と浮きだけのシンプルなものである。

「僕もやらせてもらってもいいかな？」

「もちろんだ」

「ありがとう！」

「ここをこうして、うん、そんな感じ。簡単だろ？」

釣り針で指先を怪我しないように指導しつつ、ってほどでもないか。

あっさりと仕掛けが完成し、人数分の釣竿が用意できた。

「う、うーん、釣れない」

「こうして竿を垂らしているだけでも楽しいよ！　釣りやピクニックって一度やってみたかったんだ」

釣り糸を垂らしてから三十分くらい経過しただろうか。

全員の浮きがピクリともしない。岸辺だけに水深が浅すぎるのかも。

投げ網をして引っ張ったら結構な魚が獲れるんだけどなあ。底生魚ばかりなのかもしれない。

底生魚だって釣りでもちろん釣れる。だけど、仕掛けが合わなかったのだろう。

どうすっかなあ。

釣りは短時間で成果が出るものじゃないと分かっている。なので、このまま夕方まで釣りをしたら多少は引っかかると思う。

こう釣り糸を垂らしてのんびりとした時間を過ごすのもいいものだ。

ジョエルは浮きに動きがなくとも、俺やメリダ、ランバートらに話しかけて楽しそうにしている。

メリダとランバートは主人が楽しそうにしている姿に目を細めているし、問題なさそう。

ゲストである彼らが満足しているのだったらそれで良いよな？

いやいや！

そんなんじゃいかあああああん。

ダメだ。ぼーっと釣り糸を垂らしていて変なテンションになってきた。

ジョエルが気軽に出かけることができるのは廃村に来ている間だけなんだ。俺は俺で中々こういった時間が取れないもので、毎日彼と出かけるわけにもいかない。

ならば、欲張りツアーにしたいところだろ？

「よおっし！　すみよん、ビーバーに少しだけお手伝いを頼めないか？」

「分かりましたー」

すみよんが長い尻尾をフリフリさせると水の中に潜っていたビーバーたちがゾロゾロとあがってきた。

全員じゃなくてもよかったんだけど……。

「丸太を手ごろなサイズに成形して欲しいんだ。筏を作ろうかなってさ」

「それなら筏を作ればいいんじゃないですかー？」

「最後の組み立てはやりたいなと思って」

「分かりましたー」

「びば」

「びばばばばばば」

ビーバーたちが一斉に木に齧りつき、みるみるうちにドシーンと木が倒れた。

その大きな音にジョエルらも集まる。

あっという間に木が成形されていき、ちょうどいい感じの大きさの丸太の束となった。

「すごい！」

「ビーバーさんたち、歯だけで！」

ジョエルら三人とマリーが揃って歓声をあげる。

「お、釣竿は……まあいいか」

「立てかけてあります！」

ちゃんとマリーがフォローしてくれていたようだ。さすが、抜け目ない。

「ジョエル、この蔓で丸太を縛って筏を作ろう」

「おもしろそう」

「ランバートとメリダも手伝ってくれよお」

「二人とも頼むね」

ジョエルがそう言うと、うんうんと即座に首を縦に振るメリダとランバート。

表情を出すまいと意識しているランバートがもう抑えきれないといった様子だ。

彼はこういう物作りが好きなのかもしれない。

丸太を横に並べて支え、ランバートとジョエルに蔓で結んでもらい、と作業を始める。

マリー、メリダ、そしてスフィアも一緒になってワイワイと筏作りを進めていった。

人数が多いだけに、いや、ビーバーの材料作製が優れていたためにそれほど時間がかからず筏が完成する。

「よっし、みんなで持ち上げて岸まで運ぶぞお」

「楽しみだね！」

「ちゃんと浮かぶのでしょうか……」

なんてみんな思い思いのことを口にしながら筏を岸辺まで運ぶ。

筏を浮かべてみたら、ちゃんと沈まずに浮かんだ！

「おおお、うまくいった！」

「これ、乗っても大丈夫なの？」

「うん」と答えようとしたところで、後ろから腕を引っ張られ肘(ひじ)に柔らかい感触が。

「エリックさん、ちょっと……」

「うん？」

俺の腕を抱きかかえるようにして引いたのはスフィアだった。

彼女はそのまま俺の耳元に口を寄せる。

当たってるけどいいんだろうか、なんて突っ込むと大変なことになるので何も言わないでおく。

彼女は人に触れるのが苦手なところがあったのだけど、真剣なことになるとその辺気にならなくなるのは元冒険者っぽいよな。

「落ちたらどうするの？　手作りだし途中でバラバラになっちゃうかも？」

「確かに……まあ、その時は泳いで戻れば」

「泳ぐのはいいけど、泳いだ後に服が濡れちゃうじゃない」

「乾かせば……あ、そうだな。どうしよう、俺とランバートとジョエルだけで筏に乗ろうか」

と言ったものの、マリーとメリダの楽しげな顔を見ていると心が痛む。

「素っ裸でいいんじゃないですかー？」

「俺はいいけど……」

ひそひそ話ににゅうと割り込んでくるすみよん。

入って来るのはいいのだが、俺とスフィアの顔の間に無理やり体を入れてきたので鼻に彼の毛が入って鼻がむずむずしてきた。

服を着る習慣のないワオ族ならともかく、女性陣はまずいってば。

「師匠、人は服を着るの」

「スフィアも着てますねえ」

「そうなの、だから裸はダメなの」

「スフィアもダメなんですかー？　裸の時が多いですよお」

「っつ、師匠と二人ならいいのだけど……」

まあペットと一緒の時は気にならんわな。

耳まで真っ赤にするスフィアであったが、既に酒を飲んだ時のグダグダぶりを知っているので家の中でめんどくさくなって裸で寝ていたりしても今更のことである。

知られたからといって特段誰も何も思わないだろ。

「どうするか、そう言えば前に来た時も全員素っ裸になってたんだった」

「え……いくらなんでもえっちすぎない？」

「スフィアが想像するような展開にはなってないよ。全員男だったからね」

「それならそうと先に言ってよ！　私をからかおうとしたのね」

「別にからかおうとはしていないけど、服のまま入るとだな、汽水だから服がよろしくない状態になっちゃうんだよね。すっかり忘れていたよ」

どうしたものかと困る俺とスフィアに対し、思わぬところからしっかり者の助け船が入る。

「どうされたんですか？　水着をお忘れになられたとか？」

しっかり者とはメイドのメリダだった。

まさか、持ってきているとか？

「そうなんだ。このまま筏に乗ったら濡れると思ってさ」

「念のために予備を持ってきております。スフィア様とマリーさんは私の予備でもよろしければ。エリックさんはランバートさんのを」

「予備を二着も持って来てくれていたのか、助かる」

「そ、その。迷っていて、それで三着持って来ていたんです」

急に頬を赤らめうつむくメリダである。


この世界にはビニール素材はない。アクリル素材ももちろんない。

石油の加工繊維が存在しないので、日本にあるような水着はないと思うだろ？

素材こそ異なるが、見た目そっくりな水着はあるのだ。キルハイムは海に面した街じゃないので、海水浴はできないけど湖や小川はある。

とまあそんなわけで水着の需要はキルハイムでもあるのだ。

といってもキルハイムの街で生産されるものは極僅かで多くは港街から運ばれてくるものである。

ほら、キルハイムの街で魚介を食べただろ？　あの店で毎日港街から来る魚介を食べることができる程度にはキルハイムと港街の交易は盛んなんだ。

水着は確か海に住む生物の皮か何かでできていると聞いた。

「うん、悪くない。ありがとう、ランバート」

「私ではなく、メリダに感謝を」

「メリダにはもちろんお礼を言ったよ。ランバートの予備なのだから、お礼を言いたくて」

「礼を言われるほどのものではない」

ランバートは素っ気ない。でも本当の彼は少し異なると思っている。

素っ気なく振舞おうとしている様子が時折見て取れるのだよね。職務中だから自分を律しているとメリダとジョエルから聞いている。

廃村に来てまで同じように振舞う必要はないとジョエルから言われても、本人的にはこの方がいいらしく、彼の主人もそれ以上何も言っていない。

ジョエルの性格的に強制することを嫌がるので、やりたいようにさせた結果がこれなので、本人的に良いのなら良いのだろう。きっと。

人の趣向にとやかく言うつもりは全く無いし、特に彼の素っ気ない態度に対して悪い気もしないので俺的にも問題ない。

水着の紐を結び、軽く屈伸して様子を確かめる。

見た目はカーキ色に白の紐の膝上丈くらいのハーフパンツタイプの水着だ。ただ細かいところで日本の水着とは異なる。

表面の触り心地は似ているが中はサポートするような白い網のようなものがついていない。ゴム素材もないので紐は普通の綿でできた紐である。

なのでズレてこないようにしっかりと結んでおかなきゃならない。

ランバートは俺と同じような形で色が黒の水着だった。ランバートの予備が俺の着ている水着なのだから似ていて当たり前か。

「お待たせしましたー」

パタパタと繁みから出てきたのはマリーとメリダだった。

あれ、護衛役を兼ねたスフィアがいない。

マリーとメリダは同じ花柄のビキニで双子の姉妹のように見える。

柄が同じなのだけど色が反対になっていて、マリーは下地がピンクで柄が白。メリダはその逆である。

可愛らしい水着のセットであるが、俺には一つ、どうしても気になることがあった。

かといって自分から聞くわけにも。

などと悩んでいたら、マリーから動いてくれたのだ。

彼女はその場でくるりと回転し、コテンとおどけたように首を傾げる。

「ど、どうでしょうか?」

「似合ってるよ！　メリダとまるで姉妹のようだ。サイズもピッタリ」

「良かったです！　メリダさんの水着は計ったようにピッタリで」

「背格好がそっくりだもの」

普通に応対しているが、俺の目は彼女が回転した時ある一点に集中していた。

俺の目は確かに捉えていたのだ。彼女の尾てい骨辺りを。

尻尾用の穴が開いているのかと思いきや、ちょうど尻尾が出るように水着のパンツがくびれていた。

なので、尻尾を気にすることなく着ることができるのだ。

なるほどなあ。よく考えられている。

マリーと違って恥ずかしがってかメリダは前を向いたままだったので、彼女の水着を確認することはできていない。

だけど、予備がこれだったので彼女の着ているものも同じデザインだと思う。

ふう、疑問がスッキリして満足した。

あれ、何か忘れていたような？

そうか、ジョエルの水着についてだったな。彼の水着は競泳選手のようなイメージと表現すればいいのだろうか。

半袖（はんそで）のグレーのシャツと体にピッタリサイズのハーフパンツのセットである。

俺やランバートのように上半身裸ではない。冷えるかもだし、直接肌に触れる部分が少ない方が擦り傷なんかにも強いよな。

俺はあってもなくてもどっちでもいいかなあ。上着は。

少なくともこの前の全裸より遥（はる）かに良いことは確かである。

「よっし、んじゃ改めて筏に繰り出すとしようか」

「すみよんも行きますよー」

「おー」

すみよんが肩に乗って来たのにつられてか、えむりんまで俺の肩にお座りした。

右にすみよん、左にえむりんとえらいことになっているが、既に俺のテンションはそのような些細なことを気にするレベルではなかったのだ。

「エリックさーん！　お伝えしたいことがー！」

「ん？」

走り出そうとした俺にマリーが遠慮がちに待ったをかける。

まだ何かあったっけ？

「スフィアさんですが、見学になりそうです」

「実は泳げないとか？」

「泳ぎ……はどうでしょうか」

「参加するしないは自由さ。けど護衛がいなくなっちゃうような……いや、えむりんがいる！」

筏に乗る前はスフィアも乗り気だと思ってたんだけど、気乗りしないなら仕方ないよね。

以前アリアドネからえむりんなら旅の楽士ホメロンが連れている大型の犬型モンスターであるラーイであっても怪我をすることがないと聞いた。

だったら、湖にちょこっと出るくらいなら平気だよ。一応俺もいるしさ。弓やナイフはちゃんと装備している。

ところがマリーの表情が優れない。やはりスフィアがいないと不安を覚えてしまうのかな？

言い辛そうに彼女が続きを口にする。

「そ、そのですね、水着が」

「実は二着だったという勘違いとか？」

「い、いえ。ちゃんと三着あったのですが、そ、そのですね、入らずに」

「あ、うん、それは仕方ないよ。マリーとメリダより背が高いものな、手足も長くなるし」

「そ、そうですね、え、えへへ」

てへへと可愛らしく笑うマリーの手を引く。

別に彼女やメリダが悪いわけでもないから、気にすることなんてないぜ、と笑顔を作る。

そんないい笑みを浮かべた俺の鼻をすみよんの長い縞々(しましま)尻尾がくすぐってきた。

「っつ、くしょん！」

「違いますよお、エリックさーん」

「違うって？」

「スフィアはおっぱいがぽろんして入らなかっただけですー」

「それは……あ、そうかも」

「仕方ありませんねー。葉っぱでも巻けばいいんじゃないですかー？」

「スフィアに任せるよ……」

敢(あ)えてマリーが触れなかったことに対し、ズバッと切り込んでくるすみよんはさすがというか何というか。

これが種族の壁ってやつだな……。

そうだねえ、マリーとメリダと比べると、スフィアは、うん。

「いいの？」

「うん、あとはメリダとマリーも乗って」

岸から五メートルほどのところに筏を浮かべランバートと対面になるようにしてそれを支える。

ジョエルを手招きして筏に乗ってもらった。ここならまだ膝上くらいなので手助け無しで平気だ。

続いてメリダとマリーが揃って筏の前までやって来る。

俺はマリーの、ランバートはメリダの手を取り彼女らが筏に乗るサポートをした。

ジョエルと違って恐る恐る進んでいたから念のため。

「マリー、今更だけど、水は平気？」

「はい、大丈夫です。キルハイム北の小川でよく水浴びをしていました」

「泳ぐのも？」

「平気です！　これでも川で魚を獲ったこともあるんですよ！」

両拳を握りしめ、グッと胸の前にやるマリー。

しかし、徐々に表情が暗くなってくる。

きっと当時の食うに困る辛い生活を思い出してるに違いない。

湖を前にしても楽しそうにしていたし、これまでの流れからして泳ぐことはできると分かったのだけど念のために聞きたくなったんだ。

ほら、彼女の猫耳と尻尾から猫を想像するじゃない？

猫って洗おうとすると怒るし、種族的に水が苦手なのかもしれないと気になったんだ。

余計な話を振ってしまったなあ。このまま彼女を放っておくわけにはいかないぜ。彼女の気持ちを切り換えるべく質問を投げかけてみることにした。

「魚を獲るって水の中に入るってことは釣りじゃないんだよね？」

「釣りだとわたしには難しくて……エリックさんのように仕掛けを作ることもできません。仕掛けにもお金がかかっちゃいますし」

「てことは銛(もり)で突いたとかかな？」

「そうです！　小さな銛で捕まえてました、中々獲れなくて」

「キルハイム北の川は流れの強いところもあったし、無事でよかったよ」

「えへへ、泳ぎは苦手じゃないんです。どんくさいわたしなりに……ですけど！」

やっと彼女が笑顔を見せてくれてホッとする。

銛で魚を突く。ある種少年の憧(あこが)れの一つだと思うのは俺だけだろうか？

前世の子供時代にさ、堤防に長い銛を持ったおじさんがいて、ゴムを引っ張って放すと銛がズドンと飛んで……。

あんなので魚なんて獲れないよなんて思ってたら、でっかい魚が獲れてピチピチしてたんだよ！

おじさんに聞いてみたら「カワハギ」を獲ってたんだってさ。

銛であんな大きな魚が獲れるなんてって子供ながらに驚き、感動したものだ。

そんで、ありがちなんだけど影響を受けまくって、実際に岩場で銛に挑戦してみたところ……お察しの結果となった。

「ランバート、そのままもう少し筏を押してから俺たちも登ろう」

コクリと頷くランバートが前進し始める。彼の動きに合わせて俺も筏を押し水深が腰の上辺りまで来たところでマリーとジョエルに引っ張り上げてもらった。

筏は結び目がほつれてくることもなく、浸水もしていない。

うん、今のところは大丈夫そうだな。

さあて、ここからが本番。

一応メンバーの確認からはじめよう。ジョエル、マリー、メリダにランバート、そして俺。ここまでは問題ない。

あとはちゃんとついて来てるかな？

すみよんは最初から筏に乗っていたので問題なし。えむりんは……？

「えへへー」

「水の上でも飛べるんだね」

「うんー」

「えむりんちゃん、ここに座りますか？」

マリーがどうぞと手のひらに載せたのは小さな籠だった。宿近くの小川で自生している葦を乾燥させて編んだものみたいだな。

籠はちょうどえむりんがすっぽり収まるくらいの楕円形をしている。

「とても上手だね」

「何度かやり直して形にできました！」

「こんなに小さな籠まで作っちゃうとは。大きなものならともかく、器用だね」

「えへへ」

本当によく編めている。いつの間に入荷したんだと思ったくらいだもの。

しかし……。

「筏はかなり揺れると思うから、マリーが持っておかないと危ないかもしれない」

「た、確かにです。丸太に挟まったり湖に落ちちゃったりしたらえむりんちゃんが」

「えむりんは飛べるから大丈夫だよ。マリーの力作が壊れたり、湖の底に落ちちゃったらと思ってさ」

「えむりんちゃんが平気なら、使ってみて欲しいです！」

それなら俺から言う事は何もない。

マリーの力作が湖の底に行ってしまったとしたら、少し残念ではあるけどね。

彼女の誘いを受けてえむりんは籠に収まり、全員が揃ったところで筏を動かすことにした。

「んじゃ、漕ぐよー」

声をかけてからオールを振り上げ、湖面を弾く。

オールはビーバーたちが作ってくれたので既製品のように見事なものである。ランバートも同じものを持っていて、オール二本で湖を進もうという腹だ。

急ごしらえの筏であったが、オールを漕ぐとゆっくりと進み始めた。

「すごい。これで動くんだね！」

「感動です」

ジョエルとマリーが歓声をあげる。メリダも声にこそ出さないものの、尻尾と耳が興味を示していた。

ゆっくりとではあるが確実に動いていく景色に思わず頬が緩む。

岸からある程度離れたところでオールを漕ぐ手を止め、今度はジョエルらに声をかける。

「ここで釣りをしてみようか」

「うん、メリダ、ランバートもこの釣竿を使って」

主人の指示であればランバートも遊びに加わるのだ。いちいちジョエルから指示を出さないと動いてくれないのだけどね。それが彼のスタイルなのだから仕方ない。

ジョエルも慣れたものでランバートが楽しめるよう考えて指示を出しているように見える。

糸を垂らし全員で揃ってじーっと湖面を見つめ……しばしの時が過ぎた。

お、おお。マリーの浮きがピクピクしている！

「ど、どうすれば……エリックさーん」

「メリダの浮きも動いているよ！」

「ジョ、ジョエル様、こ、交代していただけますか」

あわあわするマリーとメリダに対し、ジョエルと顔を見合わせて笑う。

ジョエルはメリダと交代することはなく、彼女にそのまま続けるよう返す。

猫耳と犬耳が動いて揃って不安を表していた。

「俺も詳しくないから、まあやってみよう。釣れなくても構わないから、気楽に」

「は、はいい」

「メリダも聞いてて。浮きがピクピクしてるのは魚が餌を突いているのだと思う。魚が『お、うまそう』と思ったら浮きが沈むはずだ。だけど、軽い引きの時はまだちゃんと餌を咥えてないから『待ち』ね」

「見分けがつかないです」

「そこが釣りの面白いところなんだってさ」

習うより慣れろだよね。

さあ、浮きをよく見て判断をつけようぜ。


「浮きが沈みました！」

「お、手ごたえはどう？」

「引っ張られる感じはな……きゃ」

「気を付けて」

マリーの手に被せるようにして竿を握りしめる。

これは、中々の引き具合だ。

一方でメリダの方は餌を食い逃げされたらしく浮きの動きが止まる。

彼女が竿を引くと、針には餌が付いていなかった。

あちらはランバートが餌の付け替えをしてくれているので、マリーの竿に集中することにしよう。

それにしても結構な引きだな。リールが付いているわけじゃないから糸を伸ばしたり巻き上げたりする動作ができず、力業のみとなる。

糸が持てば釣り上げることができるし、持たなきゃ千切れて終了だ。

なあに、糸は結構頑丈にできている。相当な大物でもない限りなんとかなる……はず。

本格的な釣り道具が欲しくなってきたなあ。

「エリックさん、も、もっと支えていただけますかあ」

「分かった。これだけ引きが強いと糸が切れちゃいそうだな」

マリーを抱え込むようにして釣竿を支え、膝を曲げ足腰に力を入れる。

この引きの強さ……三十センチ以上はありそうだ。

糸が切れないよう祈りつつ、魚の引きが弱まるのを待つ。

「よし、引っ張るぞ」

「はい！」

魚が疲れ引きが弱くなってきたところで一気に引き上げる。

ばしゃんと水が跳ね、湖面の上に魚が出てきた。

見た所三十センチ前後の遊泳魚だ。流線形をしており、泳ぐのに適した体をしていた。

「ジョエル、網を頼む」

「うん！」

ジョエルが網を手に持ち、彼を後ろからランバートが支える。筏だけに滑りやすいから、言われずとも主人を護るってことか。

この辺は阿吽の呼吸というもので、彼とジョエルの信頼の高さが窺える。

一発で網の中に魚を入れたジョエルが網を筏の上まで引き上げた。

「釣れましたね！」

にこやかに俺を見上げてくるマリーに頷きを返す。

結構な大きさの魚だと思ったけど、ジョエルは難なく網を持ち上げてみせた。彼って案外力持ちなのか？

「よく持ち上げたなあ」

「ちょっと無理しちゃった。魚って重たいんだね」

「三十センチくらいになると勢いもあるし、大人でも手間取るよ」

「とても面白かった！　ありがとう！」

ピチピチ跳ねる魚をじっと見つめつつはしゃぐジョエル。

そんな彼の後ろでメリダが恐る恐る網を覗き込み、ガタリと網の柄が動いたことでびくっと肩を震わせていた。

丸太の隙間は魚が抜け出せるほどではないけど、跳ねて水の中にぽちゃんとしたら事だ。

とっとと締めた方がよさそうだな。

「ジョエル、このまま締めちゃっていいかな？」

「うん！　逃げちゃいそうだものね」

では失礼して、エラの付け根を一撃して仕留めそのまま汽水で血抜きをする。

血の臭いで別の魚が集まって来るかも？　それならそれで大歓迎だぞ。

血の臭いに惹(ひ)かれて来たのか今度はジョエルの竿に「当たり」が来た。

先ほどと違って十センチ以下の小魚だったけど、無事釣り上げることができたんだ。

釣竿はそのままにして少しオールを漕いで移動し、トローリング的なことも試してみたが特に「当たり」が来ることはなかった。

船を動かしながら釣るのってどうやってるんだろう。特に特殊な技術を使っているようには思えないんだよね。

釣竿を固定して船を動かすだけなんじゃないかな？

筏を停止させたら「当たり」が来て、二十センチちょっとくらいの魚を釣ることができた。今度の当たりはメリダで、手伝ったのはランバートである。

「エリックさん、ちょっと」

「ん？　って、どこから来てんだよ！」

心臓が止まるかと思った。声でスフィアだと分かったのだけど、彼女って確か岸でお留守番だったはず。

そこまで思い至ったところで、何で彼女の声が？　と疑問を抱く。

岸から声を張り上げたにしては声が近いなあと横を向いたらスフィアがいたんだよ！

当然ながら筏の外は水面、水面である。

水の上を歩くと、沈む。当たり前のことを言ったと思うだろ？

ところがだな、スフィアは水面に「立っている」。もう一度言う、水面に立っているのだ。

そこから導き出される答えは……彼女はシノビの者……いやいや、待て待て、驚きで気が動転している。

「どこからって普通に歩いて来たんだけど？」

「アメンボかよ」

「アメンボ？　何それ……？」

「む……やはり草の者か！」

「草って雑草のこと？　雑草っていい意味なのか悪い意味なのか悩むわね」

悩む彼女の姿を見てようやく気持ちが落ち着いて来た。

「いや、水の上を歩いているだろ。人は水の上を歩かない」

「すみよんも歩きませーん」

「だよな」

「そうでえす」

肩に乗っかったままだったすみよんと意見が一致する。

人もワオ族も水の上を歩かない。どうだ？

呆れた様子でスフィアがはああと大きなため息をつく。

「言うまでもないわよね……人が水の上を歩くわけないじゃない」

「歩いているじゃないか」

「魔法に決まってるでしょ！　いつも察しがいいのに何でたまに理解を放棄するのかしら……」

「そ、そうか、魔法、魔法ね。何言ってんだよ。冗談に決まってるじゃないか、こうウィットに富んだ冗談だよ」

「そういうことにしときましょうか」

「で、魔法を使ってまで伝えたい何かがあったのか？」

いけしゃあしゃあと言い放つが、スフィアも慣れたもので眉をひそめついっと背伸びして俺の耳元に口を寄せる。

「怪我人がいるわ」

「こんなところに？　冒険者かな」

「そうかも？」

「別にこっそり話すような内容でもないんじゃ？」

「ジョエルさんたちに聞かれると、気にされちゃうから」

「イマイチ要領を得ないな」

この場をすみよんとえむりんに任せ……ていいのかと思ったが、スフィアが防御結界なるものを筏に張ってくれたので彼女と共に岸に戻る。

俺は泳いで、だけどね。

せっかくだから俺にも水面を歩くことができる魔法をかけて欲しかった。


「話を聞く前に俺から聞きたいことがあるんだけどいいかな？」

「どうぞ」

まだスフィアから用件を聞いていないけど、この場をしばらくの間離れることになりそうな予感がしていて。

だからこそ、彼女が防御結界を施してくれたのだろうが、目に見えないんだよね。

「防御結界ってどんな効果があるの？」

「そうね、マリーさんやジョエルさんを攻撃しようとする何かがいたら発動するわ」

「範囲は筏の中でいいんだよな？　結界が発動したらどうなるの？」

「緑色のオーラが護ってくれるわ。あと、対象は筏の範囲だけじゃないの。あの場にいた師匠とインセクトフェアリーを除く人たち個々人も範囲よ」

「筏から離れても防御対象になるってことかな？」

「そんな感じ。緑色のオーラはある程度のダメージを受けると消えてしまうものよ。そうね、あなたが全力で剣を振ってぶつけたとして……三十回程度かしら」

「それだけ頑丈なら大丈夫そうだな」

さすが赤の魔導士、予想以上にスペックが高い。

筏だけじゃなく、個々人まで手厚くサポートする防御結界の性能も上々だ。

魔法使いの防御障壁を見たことがあるけど、一発攻撃を防いでくれるもので対象は一人だった。

防御障壁じゃなくて防御結界だから性能が高いのだろう、多分。

もちろん、並の魔法使いだと結界を使いこなす力は持ち合わせていない。

「オーラが壊れるまでに駆け付けることができるはずよ。そう遠いところじゃないから」

「分かった」

心配し始めたらキリがない。ジョエルたちに結界を張ってもらったけど、今も水中を動いているだろうビーバーたちのことも心配してないわけじゃないし。

呆れたようにスフィアが首を傾け鼻を鳴らす。

「本当に心配性ね。師匠がいるのだから何ら問題なんてないのに」

「すみよんって力はあるのかもしれないけど、あんな感じだから任せるには不安なんだよ」

「ジョエルさんとマリーさんは師匠のお気に入りだから大丈夫よ」

「そんなもんか、結界まで使う必要なかった？」

「いいじゃない、備えあれば憂いなし、なんでしょ？」

「だな。結界って相当高位の魔法なんだろ。酒に特化しているって言ってたけどさすが赤の魔導士、結界も使えるんだな」

「その名前はやめて……恥ずかしい」

「ごめんごめん、結界ってやっぱすごいなって思っただけだよ。巣になるともっとすごいんだよな」

「うん、そうだけど？」

「巣……熊の寝床とかの巣じゃないわよね？」

ずずいとスフィアの顔が鼻にくっつきそうなほど迫って来る。

ガシッと肩を掴まれ思いっきり揺さぶられた。

彼女の目は真剣そのもので、眉根を寄せ低い声で囁くように声をひそめる。

「巣……はダメ。絶対ダメ。自力で生きて戻ることは不可能よ。絶対に入ったらダメ」

「あ、うん。重々承知しているよ」

「ならいいの。感知できなくしている巣もあるから気を付けてね。まず人が入らないような場所にあることが殆どだけど、エリックさんは秘境と聞いたら喜んで行きそうだもん」

「は、ははは……俺から聞きたいことは聞けた。遅くなったけど、湖の上で聞こうとしたことを教えてもらえるか？」

分かっている、重々承知しているよ……『巣』のことはね。

さて、スフィアの話とは一体どのような内容なのだろうか？

怪我人がいることは聞いたけど、俺だけにどんな関わりがあるというのだろう。

「怪我人がいるところは伝えたんだっけ？」

「そそ、怪我人だったら俺のヒールで何とかなるんじゃないかって」

「そういえばエリックさんは熟練の回復術師(ヒーラー)さんだったわね、すっかり酒造所の職人感覚だったわ」

「そっち！　せめて料理人とかその辺が良かった」

お互いに顔を見合わせ、微妙な空気が流れる。

さて、気を取り直して……っと。

「それで怪我人に何か問題が？」

「うん、あなたって蜘蛛(くも)の加護を受けている人よね」

「え？」

「違った？　気のせいかしら」

「分かった。そこはいい、いずれ確かめるさ。それで、怪我人が蛇とか、その加護を受けているとかか？」

「察しがいいわね。その通り」

アリアドネの言葉を思い出してみよう。

蜘蛛と蛇はその昔、聖地みたいなところを求めて争っていた。

だけど、最終的に聖地が消えちゃって戦いが終わる。

長年争ってきたから蜘蛛と蛇は仲が悪い。そして、俺はスフィアによると蜘蛛側になっているらしい。

ええと、後はアリアドネとしては特に蛇に対してもう思うところはないって言ってたよな。

彼女はこうも言っていた。「昔々の話」ってね。

現役世代ならともかく、何世代も重ねているわけだし直接戦った記憶も物語の中だけのことになっている。

うん、正直に言うよ。何かと理由をつけて大丈夫な方向に持って行こうとしているってね。

怪我している人がいる。そして、治療できる回復術師（ヒーラー）がここにいるのだ。

曲がりなりにもヒールを生業（なりわい）にしている俺が、怪我人を放置しておくことなんてできないさ。

回復術師（ヒーラー）がヒールを使う事を拒否するなんて、もはや回復術師（ヒーラー）じゃないだろ？

「案内してくれ」

「分かったわ、あなたならそう言うと思った」

よし、そうと決まればさっそく移動だ。

カブトムシで岸沿いを五分程度走ったところで後ろに座るスフィアが俺の腕を引く。
この辺ってことか。
目を凝らしてみると岩陰に小さな影が見えた。
速度を落とし、驚かせないよう少し離れたところでカブトムシから降りる。

「大丈夫？」

声をかけるも返ってこない。

気を失っているのかもしれないなと思い、慎重に影に寄って行く。

俺の予想通り、小さな影は目を閉じ気を失っているようだった。

なるほど、スフィアの言葉通り倒れていた人影は人間ではない。見たこともない種族だ。

北の湖なら冒険者もそれなりに訪れるはずだけど、今までこの種族と遭遇したことはなかったのかな？

人間基準で言うと、女性だ。年の頃はジョエルと同じくらいに見える。

人間で言うところの肘から先の前腕に当たる部分の中間ほどはトゲトゲした魚の背ビレのようなゴツゴツした深い青色で、手の平や指に当たる部分も背ビレのような感じになっていた。

指は五本で間に水かきがあり、右手は開いており、左手は棒のようなものを握りしめていた。

棒を握っていることから手は器用に動きそうだな。

足も膝から下半ばほどが同じ色の背ビレのようなもので覆われており、足も指が五本でヒレがついている。

長いストレートヘアはくすんだ黄緑色で、顔は人間そっくり。だけど、耳の形が人とは大きく異なっていた。

耳もヒレっぽい感じだな。

俺が知らない種族ということは向こうも人間のことを知らない可能性もある。

未知というものはそれだけで警戒の対象だ。むやみに近寄るとこちらに敵対心がなくともそうとられる可能性もある。

人間にたとえるとジョエルくらいの年に見えるので仮に少女としておこう。

肌の色も人間と異なり、薄い青色なのだがヒレじゃない部分の肌感は人間そっくりに見える。

人間と同じように服だって着ていた。服と言っても水着のビキニのようなものだったが……。

そのため、肌が露出している部分が多く怪我をしているかどうかの確認がしやすい。今のところ大きな怪我をしている箇所は見受けられない。

「うーん、どうしたものか」

「魔力が弱まっているわ」

「気を失っているだけ？　なのかな？」

「私は回復術師(ヒーラー)じゃないから、何とも。エリックさんの方が詳しいんじゃないの？」

「う、ううん。彼女？　でいいのか？　彼女の種族を見たことが無くて」

「たぶん、サハギンね。リヴァイアサンの眷属(けんぞく)とかじゃないかしら」

「唐突に伝説の海神(わだつみ)の名前が出てきたな。確か、海を統べる竜だっけ。竜だから蛇に属すのか」

「そうね、手足を見れば蛇の属性を持っていると分かるわ」

「そんなものなのか。蜘蛛の方も特徴があったりする？」

「蜘蛛は虫の特徴をどこかに持っていることが殆どよ。インセクトフェアリーを見れば分かるんじゃない？」

確かに確かに、と内心何度も頷く。

蛇は分からないが、蜘蛛なら想像がついた。

アリアドネは背中に蜘蛛の脚があるし、えむりんの羽はトンボのような感じだものな。

じゃあ、カブトムシも虫一派なのだろうか？　虫一派なのだろうけど、アリアドネの配下ではなさそう。

彼女は俺に騎乗生物を提供してもいいと言っていた。

でも、カブトムシがいるから要らないわよね、的なことを続けて言っていた……記憶だ。

まあ、ひとくくりに蜘蛛や蛇といっても色んな種族が含まれているよね。

哺乳類の中に人間が含まれるような感覚なのかもしれない。

「う、ううん」

サハギン（仮）の少女がうめき声をあげる。

固唾を呑み彼女の様子を眺める俺とスフィア。

最初が肝心だぞ。なるべく友好的に見えるように接しないと。

そしてようやく彼女の目がパチリと開く。

体を起こすかと思ったが、首を動かすこともできないようだった。

僅かに口だけを動かし、何か喋ろうとしているが声が出ないのだろうか？

「水を飲めば少しは声が出るようになるかな？」

両手を広げ手をあげる様子を彼女に見せてから腰に装着した水筒を掲げ、少しだけ水を垂らす。

次に水筒に指をさし傾ける仕草をして、彼女の口元へ指先を向けた。

「エリックさん、言葉は通じるんじゃない？」

「俺の言っていることが分かる？　今見せた通り、これは水筒で中に真水が入っている。俺たちに敵意はない。こっちの赤毛のスフィアが倒れている君を発見して様子を見に来たんだ」

「う……」

何か喋ろうとしてくれたが、やはり声になっていない。

頷くこともできない様子なので水を飲ませて良いものか迷ったが、そうも言っていられない深刻な状態かもしれないので失礼を承知で水筒を彼女の口に付けた。

そのままだと飲めないので首の後ろに手を通して彼女の頭を少し上に持ち上げる。

「あ、ありが、トウ」

「どこか怪我していたりしないか？」

「スピパがついテ」

「スピパ？」

仰向け（あおむ）けに寝ころんだままの彼女が右脚を上にあげた。

ん、踵（かかと）から足首にかけて何か引っ付いてる。ウミウシみたいな茶色い塊だ。

彼女のヒレではなさそうだよな、あの茶色いやつ。そもそも彼女のヒレの色は深い青色である。

模様……ではないし、ちょっと失礼して。

水筒の水を茶色い塊にかけようと手を伸ばしたら、彼女から待ったがかかる。

いた。

「うわ、これ同じものかな？」

彼女の脚に引っ付いているのと同じだと思われる茶色い塊が倒れた彼女の周囲にいくつか落ちていた。

こちらは彼女に付着しているものより乾燥しているように見える。

一つ手に取りスフィアの方へ向けた。

「湿らせたら俺にも引っ付くかな？」

「どうもその生物は魔力を吸うようね」

俺の手の平を見つつも彼女の意識はサハギンの少女に向けられているようだった。

少女に張り付いた茶色の塊に流れる魔力の流れを見ての判断であろう。

「スピパ、ザザの力を吸ウ、だから、ザザ、ここで乾かしてタ」

「起き上がって大丈夫なの？」

「うン、不思議な水、あなタが？」

「お、君にも効くようで良かったよ」

起き上がるなり彼女は両手を地面につけお尻をあげた姿勢で頭を下げる。

起きているのも苦しいだろうに、彼女の突然の態度に対し戸惑う。

「祈祷師さま、助けていただきありがとウ」

「俺は水を提供しただけだよ」

もちろんただの水ではない。

俺の持ち歩いている水は今朝ヒールをかけてきたものだ。

水を飲んで喉を潤すだけじゃなく、体力を回復させることもできるんだぞ。

残念ながら劇的な効果があるものではないのだけどね、俺のヒールはほんの僅かしか効果がない。

多少の回復効果があるとはいえ、そこまでありがたがられるものでもないんだよなあ。

俺が戸惑う気持ちも分かるだろ?

しかし、彼女は脂汗を浮かべながらも再び頭を下げる。

「神水を与えてくださり、こうして起き上がれ夕」

「この水ならスピパ? にかけたら剥がれるかもしれない」

「貴重な神水を……もったいないなイ」

「いやいや、怪我人がいると聞いてここまで来たんだよ」

今度は彼女も拒否せず、座り足をこちらに向けてくれた。

足先から水筒の水を流すと、ぽろりと茶色い塊が地面に落ちる。

おお、すげえ。こうもうまくいくとは話が出来すぎだぜ。

「スフィア、魔力の流れはどうなった?」

「うーんと、あなたのヒールを付与した水には魔力が含まれているでしょ。ちょこっとだけだけど」

「ちょこっとは余計だ。まあ、事実だけどさ」

「あはは。それで、脚と茶色のスピパだっけ？　の間に水が入るじゃない。そうするとスピパは水の魔力を吸おうと脚から離れる、それだけよ」

「それってべつにヒールの付与じゃなくてスフィアが魔力を流すとかでもいいんじゃ？」

「うーん、難しいわね。あなたのヒールが丁度いい具合なの」

何だか少し納得がいかないけど、たまたまいい感じだったらしい。

「他にスピパが付着しているところはない？」

「ないイ。祈祷師さま、ありがとウ」

「スピパ、もらってもいいかな？」

「乾燥させタら、燃やス」

ふむ、茶色い塊ことスピパはサハギンたちにとって利用用途はないって考えていいのかな？

さっき水を流して剥がした茶色い塊は湿り気があり多少の弾力がある。一方で自然に彼女の体から剥がれたスピパはかっちこちになっていて、とても硬い。

湿り気のあるものはもちろん、乾燥したものも俺の手のひらに張り付くことはなかった。

「スフィアにも張り付かないよな」

「ちょ、ちょっと、どこに張り付けようとしているのよ」

「ふむ、やはり張り付かないか。魔力の高い者にならと思ったけど、変わらないな」

「あの子の硬いヒレ？　のような部分にしか張り付かないんじゃない？」

「ふむ、ジャイアントビートルの外骨格とかに張り付くかもしれないな、布でくるんで持って帰るか」

「それ……食べるの？」

「ほら、嗅いでみて、なんだかおいしそうな香りがしない？」

「う、うーん」

スフィアにはイマイチで、「生臭い」って嫌そうに顔をしかめている。

この香り、どこかで嗅いだことがあるような気がするんだよな。

乾燥しているスピパの硬さといい、この独特の香りといい……ひょっとしたら、と思ってさ。

毒が含まれているかもしれないけど、その時は俺のヒールで何とかすりゃいい。

こういう時、ヒールを使えることは便利だよな、うん。

スピパに意識を向けていたため、肝心なことが抜けていた。

パンパンと手を腰の辺りの布で拭ってサハギンの少女と同じ目線の高さになるようしゃがむ。

彼女はまだまだ体力が回復しておらず座った状態のままだった。さっきまで起き上がることさえできなかったくらいだってのに、四つん這いになって頭を下げてくれたりして申し訳ない。

俺が立ったまま自己紹介しようものならフラフラでも立ち上がってくると思って、彼女と目線の高さを合わせたんだ。

「俺はエリック、祈祷師じゃなくて回復術師(ヒーラー)の人間だよ」

「サハギン族のザザ。ピッキングをしていル」

「ピッキング?」

「船を運ブ。貝を採ル」

「へえ、船かあ」

「そウ、船。エリックは祈祷師で船乗リ?」

どっちも違うんだが……かぶりを振ろうとしてサハギン族の少女ザザの視線の先に目をやる。彼女が見ていたのはブルーメタリックに輝くカブトムシだった。

移動する姿を見ていなくとも、俺がカブトムシに乗ってやって来たのだな、と想像するのが自然だ。

彼女らサハギンにとって乗り物は「船」と表現するみたいだな。彼女の言葉から、サハギン族は海の中を泳ぐ生物に騎乗していると思われる。

きっと別の生物なのだろうけど水上をとなれば俺が想像するのはイルカやシャチだな。彼らの背ビレを掴(つか)んで移動するとか、ワクワクが止まらない。

前世の記憶になるが、水中なら背に乗って水上ならヒレを掴んで移動するお姉さんの姿に対し子供心にいたく感動したものだ。

「俺は宿の主人なんだ」

「ニンゲンのリョウシュさま! 祈祷師さまで船乗りで、リョウシュさま!」

「そ、そんな大そうなものじゃないんだって！」

「ニンゲンはサハギンと違ウ？」

「そうそう」と捲し立てるように頷く。彼女は俺を大貴族か何かとでも思ったのか最初に礼を言ってくれた時の姿勢になろうとしていたので慌てて止める。

何をどうやったら宿屋の主人が領主になるのか激しく疑問だ。

彼女らの住む世界と俺たち人間の住む世界が違いすぎるのでどこでどうそのような判断を下したのか想像すらできない。

どうも平行線になり続けているようだから、話題を変えてみるか。

「あー、そうだ。ザザは湖に住んでいるの？」

「底に小さナ村があル」

「へえ、茶色の塊……スピパを乾かすために地上に来たの？」

「そウ、サハギンは陸でも息がデキル」

「そいつはすごい、人間は水中だと息ができないんだ」

「そうだっタ。ザザ、祈祷師さまにお礼がしタイ。でも、祈祷師さまは水の中に入れナイ？」

「泳ぐことならできるけど、水中にずっとは無理だよ」

息だけじゃなく、水圧も無理な気がする。

彼女らの村がどれほど深いところにあるのか分からないけど、二階建ての家を建てるにしても十メートルくらいは必要だよな。

湖面から建物の姿を確認できないくらいだとしたら少なくとも三十メートル以上の湖底になる。

それくらいなら水圧に関しては問題ないものなのか？

うーん、分からん。しかし、懸念するまでもなく、息が続かないな。

謎の計算をしている俺と内容は異なるだろうがザザも何やら考えているらしく、俺と同じように しばらく発言が止まる。

そして、彼女はガバッと両手両膝を地につけ、深々と頭を下げた。

「祈祷師さま、お願いガ」

「ちょ、頭を下げるなら普通にして……」

「地上で高価ナものガ何か、ザザには分からなイ。ニンゲンはサハギン要らなイ？」

「ど、どういうこと……？」

「神水を少シでも分けテ、ホシイ。だけド、祈祷師さまへの礼が分からなイ、ザザでもイイ？」

会ったばかりの俺に何てことをのたまうのだ！　見世物小屋に売られるかもしれないのだぞ。いや、そんなことしないけど……。

あと、そこの赤毛の酔っ払い、変なニヤニヤ顔をやめたまえ。

「あらあら」

「あらあら、じゃないだろ！　キャラが変わってるぞ」

「そうかしら」

「テレーズかよ、って思ったほどだよ。それはともかく、スフィアから何かアドバイスはないかな？」

「うーん、そうね。サハギンと人間で大丈夫なのかしら？」

「もういい！」

ダメだ、このポンコツ。酒を飲んでないはずなのだけど、まさかザザと会話をしている間に飲みやがったのか？

その豊満な胸の間に隠していた？

怪しい、スピパを彼女の胸元に放り込もうとしても恥ずかしがって抵抗してくる様子がない。

「飲んだだろ？」

「飲んでないわよー。いつ飲む隙があったというのよ」

「お酒がいイ？」

気分はすっかり敏腕捜査官だった俺を現実に引き戻したのはザザだった。

「酒」のキーワードに反応したのはもちろんスフィアである。

完全に意識がそっちに持って行かれて俺の言葉など聞いちゃいない。

仕方ない、ここは追及の手を休め、ザザの話に耳を傾けることにするか。

「酒が……あるの？」

「ザザはまダ飲めないイ、儀を経タら飲めル」

「儀？　難しいものなのかな？」

「誰でモこなせル。祭リ」

成人式みたいなものかな？

儀が終わると大人の仲間入りをして酒を飲むことが許可される。

未成年の飲酒は禁止してますってことね。

そうかあ、成年の儀かあ……じゃなくってだな。

「ザザたちサハギンは湖の中に村があるんだよな？」

「そウ」

「水の中だと酒を作れたとしてもすぐに湖の水と混じらない？」

「そうだったのね……」

突然口を挟んできたスフィアが顎(あご)に細い指先を当て「然(しか)り」となっていたが、違うからな。

湖の水が酒でできているなんてことはない。湖の水は少しだけ塩っ気のある汽水である。

味付けにも使ったし、湖で泳いだ時に多少口に入ったけど、アルコール成分なんて含まれていなかったってば。

「待て、湖の水を飲まなくていいから」

「そ、そんなわけないじゃない」

酒のことしか頭にない酔っ払いをその場に座らせ、改めてザザに話を聞くことにする。

「酒もそうだけど、飲み物は別で用意されているの？」

「そウ、壺(つぼ)に入れてル」

「……ん、どうも話がかみ合わない気がする。俺の認識が違うのかも」

「認識？」

「村って水の中にあるの？」

「泡の中にあル」

「そ、それは……是非見てみたい！　それで大きな貝殻の家とかに住んでいたりするの？」

「違ウ貝殻はあル」

まさかまさかの展開だ。

湖の底にはサハギンの村がある。水中に巣のようなものがあるのかと思っていたが、何と泡に包まれているのだって。

想像と異なる可能性もあるが、村全体が泡で包まれていて肺呼吸ができるようになっているんじゃないだろうか。

おとぎ話にあった水中都市に思いを巡らせ頬が緩んでくる。

人魚の国ならぬサハギンの村だったわけであるが、俺の期待のふくらみがしぼむことはない。

だって、泡の中にある村とかもうワクワクが天元突破しそうだよ。湖の底まで息が続かないので泡の村へ行くことは叶わないけどさ。

「ね、ねえ……お酒」

「ちゃんと聞くから、落ち着け」

立ち上がって縋りつこうとするスフィアに対し両手を前に出してなだめる。

「ザザ、俺からも一つ提案というかお願いがあるんだ」

「何でモ言っテ」

「君の言葉で言うところの神水を必要な量だけ提供したい。それでさ、村にある酒を少し分けて欲しいんだ。ついでに剥がれたスピパももらってもいいかな？」

「お酒でいいノ？」

「貴重だったかな……俺とスフィアが味見できるくらいの量でいいのだけど」

「壺一つでもイイ？」

「この水筒くらいでも十分だよ。神水は消費期限があってさ、そんなに貴重なものでもないんだ」

俺がヒールをかけただけの只の水だしさ。

確かに彼女らにとってはスピパを即剥がすことができる便利アイテムになる。

本当はそのまま無償提供してもいいところなのだけど、彼女の態度から「無償で」なんて言い出すと「あまりに高価すぎて値段を付けることができない」くらいに勘違いされそうで怖くて。

高価すぎて代替となるものがないから無償で提供するなんて意味合いに取られちゃったらやり辛くて仕方ない。

なので、酒ほんの少しくらいの価値なんだと伝えることで事なきを得ようと思ったわけだ。

俺としてはヒール付きの水で見たこともないサハギンの酒をお目にかかれるとあれば幸運以外の何物でもない。

「すグ、取ってくル」

「待って。ザザ以外にもスピパに悩まされている人がいたりしないか？」

「いル、水の外まであがってこれないサハギンもいル」

「村だと泡の中だから乾燥させることはできるんじゃ？」

「光なイ。太陽の光」

魔法の光くらいならありそうだけど、太陽光じゃないと乾かないとかあるのかもしれない。

もしくは、泡の中でも乾くは乾くけど、外に出て乾かすのに比べ相当時間がかかるとか？

にもかかわらず、泳いで外まで出てこない、いや来れないいんだろうな。

外に出てこれないほど弱っている人がいるとなると、急を要する。

「どれくらいの水があれば足りそうかな？　水を入れる容器はこの水筒くらいしかないんだ」

「持ってくル、お酒モ」

「少し休憩してからの方が、あ、そうだ、この水を飲んで」

「貴重ナ神水ヲ？」

「神水は効果時間が限られているんだ。これはもうすぐ効果がなくなっちゃうから遠慮せず飲んで」

真っ赤な嘘（うそ）であるが、こうでも言わないとすったもんだで中々飲んでくれないと思ってさ。

水筒の水は今朝ヒールを付与したばかりなので、まだまだ効果が持続する。

そうだ。確かカブトムシのコンテナに……。

「座って、これを肩からかけてくるまってもらえるか？」

「ウン？」

小さめの毛布も持ってきていたんだ。

毛布にもヒールを付与している。効果のほどはマリーの飼い猫をはじめ、宿に泊まったお客さん、俺本人も体験済みだ。

時間はかかるが骨折だって治療できてしまうんだぜ。

疲労回復にも効果覿面(てきめん)である。

「しばらくそのままじっとしてて、寝ころぶのもいいかも」

「でモ」

「急ぐ気持ちは分かる……けど、俺も水を汲(く)んでこなきゃさ。しばらく待ってて」

「神水ヲ？」

「そう、神水は水にヒールをかけなきゃいけないから、ここに水はもうないからね」

「祈祷師(きとうし)さま、ありがとウ」

俺の想像だけど、祈祷師は回復術師(ヒーラー)ではなく錬金術師に近いんじゃないかな？

錬金術師の中でも付与術を得意分野としている人たちに当たるんだと思う。ポーションとかを作ってる人たちだな。

教会の聖水に比べると回復効果は低い。薬草と違って即効性があるので旅のお供に持って行くことが多いかな。

俺のヒールは付与術と違って時間制限がある。その分、回復力が段違いなのだ。

いくら威力が低いとはいえ、ヒールをかけ続けるわけだから中々のものだと自負している。

カブトムシに乗り、近くの小川で水を汲んでヒールをかけ元の位置に戻った。

俺の勧め通りザザは毛布にくるまりじっとしていてくれてホッとする。


「祈祷師さま！」

「お待たせ」

川の水を採取するついでにマリーらの様子を見て来たんだ。

彼女らは釣りを続けていて和気あいあいとしていたので何ら問題なかった。

えむりんもいるし、スフィアの結界魔法もある。安全確保について万全なようで安心した。

それはそうと……綺麗に折りたたんだ毛布を抱え勢いよく立ち上がったザザは元気になったように見える。

顔色……は種族の違いもあって調子がいいのか悪いのか窺い知ることが難しい。

無理して元気に振舞っているのか本当に回復したのか判断がつかないのが悩ましいところだ。

迷う俺の様子を察したのかスフィアが俺の耳元に口を寄せる。

「大丈夫そうよ、ちゃんと魔力が回復しているわ」

「それは良かった。やっと酔いが覚めた？」

「も、元々酔ってなんていないから、し、失礼ね」

「……分かった」

「何よ、その顔……」

「俺の探偵魂が全てを教えてくれたから」

まだブーブー言おうとしていたスフィアの肩を押しのけザザの下へ。

スフィアの言うことを信じているのかって？　いやいや、動揺っぷりから酔っ払っていたことは自明の事実である。

もはや追及するまでもない。どっかに酒の入った小瓶でも隠し持っていたんだろう。

胸の谷間ってことはさすがにないだろうけど、腰のポーチの中とかいろいろ隠す場所はある。

「頭がくらくらしていたり、どこか調子の悪いところとかどうかな？」

「なイ、祈祷師さまの聖衣の加護デ」

「う、うん……それはよかった」

「村に戻ル」

「ここで待っててもいいかな？」

「うン」

無表情のまま頷いたザザはぼちゃんと湖の中に飛び込んだ。

このまましばらく待つことにするか。

「飲むなよ」

「お水くらい飲んでもいいじゃない」

「じゃあ、これ。ヒール付きだし」

「あ、ありがと」

木の根元に座り込んだら、スフィアが挙動不審になったので先んじて水筒をずずいと差し出す。

おもむろに茶色の塊ことスピパを手に取り、ナイフを当てる。

「時にスフィア」

「ちゃんとお水を飲んでいるわよ」

「見れば分かる。マリーたちに変化はないかな？」

「特に結界が解けたとかは無いわね、安心して」

「そうだな、えむりんもいるし」

「師匠もいるから」

師匠ねえ……まあ、深くは追及しまい。

思ったより硬いな。スピパを削っていると鉛筆を削っているように錯覚するほど。

ヒールを付与した水をかけてザザから剥がしたスピパは完全に乾いていないからか、フランスパンくらいの硬さである。

一方で自然に彼女から剥がれた乾燥したスピパは今俺が削っているものだ。

これくらい硬いのだったらカンナを当てて削れそう。ポラリスに専用のものを作ってもらおうかな？

おっと、カンナじゃなくて料理で使うのだからスライサーと言った方がいいか。

「ちょ、エリックさん！」

「ん？」

「それ、ザザさんの体に引っ付いて魔力を吸っていたものなのよ？」

「人間の肌には張り付かないことを試しただろ、平気平気」

「肌に触れて平気でも、食べるとなると別じゃないの⁉」

「あ、ああ。つい、味を確かめてみたくてさ」

驚くスフィアに対し何でもないとばかりに軽い調子でナイフを持った右手をあげる。

スピパを削っていたら、つい食べたくなっちゃってさ。

俺だって生で食べるのはより危険性が増すことくらい分かってる。だけど、小指の先ほどだし、口に含むだけで飲み込んでなきゃいいかなって。

万が一の時にはヒールだってあることだし、さ？

スピパの味は予想通り、いや期待以上ものもだった。

香りと硬さからひょっとしたらと思って口に入れてみたら、広がる懐かしい味にスフィアの心配する声への反応が遅れてしまった。

乾燥させ削ったスピパはかつお節にそっくりだったんだよ！

スフィアの声が耳に入らなくなる気持ちを分かってもらえただろうか？

カツオは海に住む魚であり、ウミウシのようなスピパとはまるで異なる生物だということは分かっている。

だけど、味がそっくりならそれでいいじゃないか。

この世界では淡水の川で昆布やワカメが獲れるんだし、味だって地球産のものに負けないものである。

昆布とか塩気のある海水で育たないと深い味わいなんて出ないいんじゃ……という俺の先入観を見事にぶち壊してくれた。

さらに乾燥させて初めて味が出るであろう昆布はこの世界の淡水昆布だとそのまま鍋に入れても大丈夫と来た。

他にも納豆菌が酒造所に悪さをしたりなんてこともなかったし、地球の常識で考えると信じられないことばかり起こっている。

しかし、かつお節そっくりのスピパに毒が無いとは言い切れないのだ。

はじめから疑ってかからないとさ。初めて食べる食材はどのようなものであってもひょっとしたら毒があるかもしれない、と疑ってかかっている。

何もスピパだけ警戒しているわけではない、とだけ言わせてもらおう。

「はい」

「ありがとう、ちょうど水筒を頼むって言おうと思ってたところだったんだ」

水筒の水はまだ半分以上残っていた。二口ほど飲み、ふうと息をつく。

その時、湖面が動きザバアとザザが顔を出す。

「お待たセ」

「えらく早いな。ビックリしたよ」

「サハギンは魚に負けなイ」

「湖の底までどれくらいなのかな？」

などと会話しつつザザが岸辺まで上がってきた。

よいしょっと地上に降り立ったわけなのだが、右手で握っている壺が思ったより大きい。

彼女が握っていたのは蓋つきの素焼きの壺で両側に持ち手が付いていた。

一抱えほどもあるそれは容量にして八～十リットルくらい入りそうなほど。

「念のために聞くけど、帰りは水が入っているから倍以上の重さになるよ」

「平気。水の中だト軽イ。それに、沈ム」

「湖の前まで運びさえできれば問題ないのかな？」

「うン」

確かに水中だと重たい壺でも運びやすくなるか。

すぐさまカブトムシにライドオンして水を汲み戻る。

「消費期限は一週間だから気を付けて、岸まで運ぶよ」

「ありがとウ」

水の中に入ったザザに満水の壺を渡す。

「待ってテ」と言い残した彼女は水の中に消えて行った。

「ごめんなさイ、これダケ」

「ありがとう！　こんなに頂いていいの？」

「神水と釣り合わなイ、まダ、神水をサハギン族が知らなイから」

「手持ちで持って来てくれたんだ……」

容量としては二リットルくらいの壺を持って戻って来たザザ。

彼女はさっそく壺を差し出してきたのだけど、小さく首を振って手を前にやる。

彼女の暮らしがどの程度のものなのかは分からない。

「釣り合わない」と表現していることから彼女「個人」でできる範囲のギリギリまで持って来てくれたんじゃないのかと思ってさ。

裕福な暮らしをしている、ならいいのだけど、スピパに苦しめられている状況や彼女の仕事から推測するに生活は決して楽じゃないはず。

精一杯のお礼を持って来てくれたのは嬉しい。だが、彼女の生活を脅かすほどの礼かもしれないと思うと受け取ることなんてできないよ。

「祈祷師さま？」

「あ、いや。大事なものだろうから」

「サハギン族のお酒ジャ、少シだけ……ザザでもいイ？」

「いやいや、あ、そうだな、今は荷物が多くてさ、水筒にちょこっとだけ頂く、でもいいかな？」

既に空っぽになった水筒に壺の中に入っている酒を注ぎこむことでザザにも納得してもらった。

酒を注ぐ時のスフィアの視線が痛かったが、完全無視を決め込む。

「当たってる」

「エリックさん、えっちなことを言って誤魔化そうったってそうはいかないんだから」

「必死すぎだろ！　ちゃんと分けるから、離れて」

「ぜ、絶対だからね！」

無視していたら迫って来て、ならばと彼女に背を向けて水筒を持った手をできる限り前方へ伸ばしたら背伸びして背中側から覗き込んできて……今に至る。

酒に対する欲望は恥ずかしさをあっさり踏み越えるらしい。

密着した俺から離れた後に真っ赤になるところがもう、ね。

物事に熱中すると周りが見えなくなると言うけど、彼女の場合は完全に周りが見えなくなるからさ。

これほどの集中力があるから魔法の大家と言われるまで成長できたのだろうけど……。俺には真似できんな。

「祈祷師さま、これモ、イイ？」

「綺麗なほら貝？　なのかな」

「ウン、ザザ、祈祷師さまを助けたイ」

「ありがとう、預かっておくよ」

彼女は手のひらサイズほどのほら貝を口につけ吹く仕草をしてから、俺にそれを手渡して来る。

このほら貝を吹き鳴らすと彼女が駆けつけてくれる、とかそういったところか。

北の湖から宿までは相当な距離があるからなあ。

次回、北の湖を訪れた時にでも吹いてみるか。目的は俺の救済ではなく、スピパのことについて尋ねたいからだ。

もしスピパにまだまだ苦しめられているようだったら定期的にヒールを付与した水を届けたいからね。

「ねえ、飲まないの？」

「今は飲まないって」

じとーっと水筒を凝視するスフィアに対ししっしと手を振る。

飲まないと断ると、ぽかんとして聞き返してきた。

「え、そうなの？」

「ジョエルたちを連れてピクニックに来ていたってことを忘れてない？」

「そ、そうね、そうだった気がするわ」

「結界魔法、ありがとうな」

「う、うん。今のところ結界に綻(ほころ)びはないわ」

モンスター襲撃の危険性があるから彼女に頼んでわざわざついて来てもらっていたことを忘れていたな。

と言っても彼女はこれまできちんと仕事をしてくれている。

ザザを発見してくれたのも彼女だったわけで。ほんと、酒が絡まなきゃ超優秀なのだけどなあ……勿体(もったい)ない。

まあでも、多少ポンコツな所があった方が親しみやすい。

行きすぎは困るけど、彼女の場合は分かりやすいからこれはこれでいいんじゃないかな。

某錬金術師と比べると……比べるのが失礼だった。すまん、スフィア。

「こ、これは一体？」

「あ、あのですね、プレゼント？」

マリーたちのところに戻ってみたら、魚が積まれて山のようになっていた。

彼女らは既に筏（いかだ）から降りていて、水着姿のまま魚を前に戸惑っている様子。

彼女らの様子から自分たちで釣り上げたものじゃないことは明らかだ。

これってやっぱり――。

「サハギン族の女の子が来たりした？」

「わ、分からないです。水の中からここまで魚が投げ込まれたんです！　水の底にモンスターがいるかもと、岸まで戻って来たところなんです」

「なるほど……ありがたく頂こうか」

「サ、サハギン族って？」

「食事の準備をしながら話そう」

「はい！」

ザザの贈り物に違いない。マリーたちが俺の仲間だと判断してくれたのかな？

魚を釣っていたから元気になった彼女が水中で捕まえた魚を投げてくれたのだろう。

先ほど彼女から頂いたほら貝を吹けば、彼女が姿を見せてくれるだろうけどやめておくか。

魚はありがたく頂くことにするよ。彼女を呼ぶとお礼合戦になりそうだから、今日のところはそっとしておきたい。

料理のために火を起こそうとしたところで、オレンジ色のカブトムシのことを思い出す。

そういや、オレンジはクッキングヒーターのような機能を持ってるんだったよな。

料理に使うにしても、巨大なカブトムシに平べったいところってないよね。

美しいフォルムは曲線を描いており、フライパンを載せるには難しい。

そもそも、オレンジ色のカブトムシに触れても熱くないし？

ここは聞いてみるしかない。

先にリンゴを齧（かじ）っていたすみよんの尻尾（しっぽ）をむんずと掴（つか）む。

「何ですかー？」

「オレンジのジャイアントビートルって、料理するときにどこの部分を使うんだ？」

「ジャイアントビートルじゃありませんよお。ファイアビートルです」

「種類が違うから種族名が違うのか」

「そうですよお。ジャイアントビートルと同じです」

「同じと言われても……」

すみよんがてくてくと歩き、オレンジ色のカブトムシことファイアビートルの腹をパンパンと長い尻尾で叩く。

その場所はジャイアントビートルのコンテナに当たる部分だった。

ジャイアントビートルと同じように開く構造になっているのかな？

「なるほど……こうなっているのか」

コンテナ部分は開かず、その代わり引っ張り出せるようになっていた。

そう、まるでキッチンカーのカウンターのように。

反対側も同じようになっているのかな？

引っ張ってみると同じ張り出しが出てきた。椅子があればちょうどいいテーブルになりそうだ。

カウンターに指先を当ててみても、特に熱くはない。

「お願いしなきゃダメですよお」

「いや、オレンジは俺のペットじゃないし？」

「欲しいですかー？」

「ジャイアントビートルがいるから、間に合っているよ」

カサカサ。

ファイアビートルと並んで鎮座していたジャイアントビートルの右前脚と角が上にあがり、自己主張をしているようだ。

彼は非常に大人しく、頼まれた行動以外はしない。唯一の例外は食事のときに食べる仕草をするくらいだ。

そんな彼が頼まれずとも自分から動くなんて少し驚いた。

彼の元に歩み寄り、メタリックブルーの外骨格へペタリと手を乗せる。

外骨格はひんやりして車に触っているかのようだった。

「とても喜んでいるようですねー」

「そうなの？　全く分からないけど」

ジャイアントビートルにするすると登り、角の先からこちらを見やるすみよん。

長い尻尾をペシペシと角に当て言葉を続ける。

「足を上げると上機嫌。角を上げるのも上機嫌でえす。二つともになると『ちょうはっぴー』」

「嬉しくなるようなことをしてはいないのだけど……」

「ジャイアントビートルがエリックさーんのことを気にいってるってことですよー」

「それは俺もだよ」

最初は馬より優れたカブトムシの性能だけに目が行っていた。

だけど今は違う。彼と共に出かけているうちに静かな彼にすっかり惚れこんでしまった。

洗車をする時にも身じろぎ一つしない彼だけど、心なしかさっぱりしたような表情を見せている気がして。

車とペットの間くらいの感覚と言えばいいのだろうか？

自分の愛車に向ける感情とペットに対する愛情が半々なような、そんな感じ？

難しいな。前世では持たなかった感覚だ。

そらまあ、地球には騎乗できる虫なんていないし。

地球と違ってこの世界には騎乗できる生物種が多い。まだまだ知らない騎乗できる生物がいると思う。

ジャイアントビートルに似たビートル種だけでも俺が聞いている限り三種もいるんだし。

「焼くのですかー？」

「そうだった。せっかくすみよんがオレンジ……ファイアビートルを連れて来てくれたから活躍してもらおうと思ってさ」

この引き出し式のカウンターのようなところを使うんだよな？　多分。

繰り返しになるが自分のペットなら念じれば動いてくれるのだけど、オレンジは俺のペットではない。

なので、主？　だろうすみよんにお願いしようとしていたわけだが……。

「熱っ！」

カウンターに乗せていた手の平に熱を感じ、反射的に手を離した。

「頼むなら、先に頼んだと言ってくれれば」

「ワタシは何もしてませんよー」

「え？　ファイアビートルはすみよんがテイムしてきてくれたペットだよね」

「テイム？　そうでした。ニンゲンはテイムしないと仲良くなれないでしたねえ」

何かこの先を覗いてはいけない気がしたのですみよんとの話はここで打ち切る。

カウンターは熱い鉄板に変化した。

ということはここで鉄板焼きができるということだ！

「みんなが釣った魚から調理しよう」

もう一方のカウンターは熱くなっていないので、調理台として使わせてもらおう。

俺のいない間に全員が一匹以上釣り上げていたので次から次へと魚を捌き、三枚におろす。

「まず素材そのままの味ってことで、汽水だけで味付けした魚からはじめようか」

俺の意図するところをみんな汲み取ってくれたのか、いの一番にマリーから「いいですね！」と返ってきた。

敢えて説明するまでもないが、汽水だけで味付けした魚はジョエルでも食べることができるものなんだ。

ジュワアアアア。

ひゃあ。いい音だな！　水の蒸発具合からしていい感じの温度になっていることが分かる。

ファイアビートルのクッキングヒーターみたいな部分って温度調節もできるんだろうか？

いや、きっと「できる」んだろうな……。

なんてことを考えながら、焦がさないように魚をひっくり返しつつ焼けたものから皿に盛っていく。

「どんどん食べていってくれよお」

「最初だけ、エリックさんもご一緒できませんか？」

「そうしよう、ありがとう、マリー」

「えへへ。『みんなで食べると、おいしい』ですよね！」

俺は一匹も釣ってないけど、マリーたちの釣った魚は大小合わせて十匹もいた。

スフィアを含めて全員で分けたとしても十分に行き渡る量だ。

「途中で抜けちゃってごめん、さっそく食べよう！」

「いただきます！」

釣ったばかりの魚をその場で食べる。

なんて贅沢（ぜいたく）なんだろう。汽水の僅（わず）かな塩気だけだというのに熱々で身に脂も乗っており中々いけるな。

外でというのと、みんなでワイワイしていることでおいしさも増している。

「魚はまだまだあるぞお。貝とかエビ類もプレゼントの中に含まれていたから、どんどん食べてくれよ」

「フルーツはありますかー？」

「あるある。ジャイアントビートルに積んできてるぞ」

「甘いのがいいでえす」

「じゃあ、僕もフルーツを頂こうかな。甘いので」

てくてく歩くすみよんにジョエルがついて行く。

すみよんのフルーツは彼に任せておくことにしよう。彼ならカブトムシのコンテナを開くことができるからね。

元々カブトムシに好感を抱いていた彼は既にカブトムシのことを熟知している。

コンテナの開き方だってお手の物ってやつさ。

おっと、俺は俺で先に言っておくことがあったんだった。

「スフィア、酒はダメだからな」

「え、えええ。お魚の脂を流すのに……」

「それは帰ってからで、レストランが終わった後になっちゃうけど、ちゃんとお届けするからさ」

「ほんと⁉」

しゅんとしていた彼女の顔がぱあああっと明るくなる。

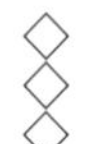

少しまずい事態になった。
場合によっては宿の営業を停止しなきゃならないかもしれない。ザザから頂いた魚介類については腐らせずに維持できることは幸いだ。
マリーたちは無事脱出することができたからな。

みんなで楽しく食事をして、帰路についた。

そこで、俺の肩に乗っかっていたすみよんがふとのたまったんだよ。

「エリックさーん、少し離れたところに『蛇』の群れがいますー」ってね。

すみよんの「少し」がどれだけの距離か分からなかったけど、廃村にまで到達されると事だ。

一旦カブトムシ軍団を停車させて、俺とすみよんは緑に騎乗し、残りは青とオレンジに乗ってもらうよう調整した。

元々俺の乗っていたカブトムシには俺とマリーだけだったので、彼女にスフィアの騎乗するカブトムシに乗ってもらうことで事なきを得る。

マリーに北の湖で獲れた食材を任せ、俺はすみよんと共に「蛇の群れ」とやらの調査に向かうことにしたんだ。

「すみよん、こっちでいいの？」

「いいですよお」

「思ったんだけど、すみよんに舵取りを任せて良かったんじゃ？」

「すみよんが動かしますかー？」

「頼む」

「分かりましたー」

とすみよんが言ったとたんに緑色カブトムシが急激に加速し振り落とされそうになった。

「速いって！」

思わず叫んでしまって口をつぐむが、時すでに遅し。

叫んでしまった事実は変わらない。覆水盆に返らずとはまさにこのこと。

「どうしたんですかー？　変な顔をしてー？」

「緑の能力で俺たちの姿が見えなくなっているんだよな？」

「まだ姿が見えますよー」

「え、そうなの？」

「はいー。この辺りに危険な魔物はいませんー」

「ん、待てよ。一回速度を緩めてもらえるか？」

「いいですよー」

急いで移動していたけど、何も急ぐ必要はないんじゃないのか？

蛇の群れが廃村に来襲するかもしれない、という懸念は変わらない。

だけど、ここで急いだところで状況はあまり変わらないよな？　むしろ、ちゃんと緑の能力をすみよんに聞き、把握しておく方がいい。

いざ蛇の群れとやらに近寄った時に気が付かれないためにどう振舞ったらいいのか、もし蛇の群れが俺だと瞬間蒸発してしまうようなモンスターだったら緑の能力頼りになるものな。

「緑は姿を隠す能力があるんだよな？」

「そうですよー」

「姿を隠すってこう周囲の景色に溶け込むように色が変わるのか、それとも認識阻害の魔法のような効果があるの？」

「全部ですー。完全なる隠伏(パーフェクトステルス)というスキルですねえ」

何だか凄(すご)そうな名前が出てきたぞ！

隠伏(ステルス)については俺も知っている。

スカウト系の一部冒険者が使うことができる超便利なスキルだ。

ステルス迷彩とかそんな生易しいものじゃない。ステルスのスキルを使うと「完全に」姿を隠してくれる。

光を当てても素通りする透明な状態になるのだ。光は通すが誰かに触れるとステルスが解除され姿が現れてしまう。

また、声を出したり、走ったりしてもステルスの効果は消える。

しかしながら、透明になるだけじゃなく匂いまで消してくれるので身動きせずじっとしていればまず発見されることはない。

モンスターに対しても効果覿面(てきめん)で、ゆっくり歩きながらになるがモンスターの前を素通りしても気が付かれることはないのだ。

モンスターを不意打ちの一撃で仕留めることもできるウハウハスキルじゃないか、と思ったがそうでもないらしい。

何やら殺気を発しすぎると効果が消えるとか、細かい条件があるんだって。世の中、そうそう上手(うま)くいかないってことだな、うん。

また、ステルスを暴く魔法やスキルもある。

ステルスで街の高官の家に忍び込み、聞き耳を立てて……なんてことは難しいのだ。

スキルではなく魔法の姿隠しはどうかというと、スキルより制約が大きい。魔法の方は一歩でも動くと姿が見えてしまう。

珍しくやたら詳しいじゃないかって？

そら、姿を隠して移動できるスキルなんて聞いたら習得できるものなら習得したいと思うだろ。

調べた結果、習得するに多大な労力を払う上に才能がないと習得できない、と来たものだ。俺が現在ステルスを使うことができないことからどうなったのかは察してくれ。

「完全（パーフェクト）なるって普通のステルスと違うの？」

「違いますよー」

「完全に」姿を消す、という意味合いを強調したのかと思ったが違うらしい。

一体どのようなことが異なるんだろう？

興味津々にすみよんに尋ねてみたら、すぐに答えが返ってきた。

「完全なる隠伏（パーフェクトステルス）はニンジャビートルだけでなく、騎乗しているエリックさんにも効果があります」

「あ、そうか、普通のステルスは本人だけだものな」

「乗っているエリックさんまで隠すのは普通ですよね」

「ま、まあ……騎乗者を隠せなければ却（かえ）って目立つよな」

「まだありまーす。ここまでは単なる隠伏（ステルス）ですよねー」

「十分すごいけどな……」

「では質問でえす。なぜ騎乗者を隠すことができるんでしょうかあ」

「触れているから？」

「そうですねー、近いです。似たようなものですが、すみよん、頑張って解説しまーす」

彼の解説はとんでもない内容だったんだ！

そもそもステルスとはどのような現象なのか？

それは術者の体を覆う膜を作り、膜の中にいる術者を隠す……ようなものだそうだ。

では、騎乗者まで隠してくれる緑の場合はどうなっているのかというと、体を覆うのではなく空間が対象になる。

この空間というのが「完全なる隠伏（パーフェクトステルス）」を形成する。

空間自体はどこからどこまでなのか捉（とら）えることができないものの、空間の中にいると姿と匂いを消すだけじゃなくどれだけ動いてもステルスが解除されない。

更に、空間の外に声が漏れ出ないとまで来たものだ。

空間の中限定ではあるが、まさに「完全なる」秘匿空間ができあがる。

すみよんが「叫んでも心配ない」と言っていたのは「完全なる隠伏（パーフェクトステルス）」が発動している状態なら声は外に出ない、という意味だったのだ！

とんだピクニックになったよ。ザザというアクシデントはありつつも、釣りを食事を楽しむことができた。

ところがどっこい、俺だけ一人延長戦である。いや、俺だけじゃなかった。心強い野生センサーを持つすみよんも一緒だ。

彼がいなければ延長戦を行うこともなく、ある日突然「蛇の群れ」が廃村に来襲していたかもしれない。

心配しすぎだろ、という意見には俺も同意する。しかし、分かっている脅威をそのままにするよりは、調査して様子を確かめる方が「俺の」精神衛生上好ましい。

すみよんから緑の性能を聞いたので状況開始である。

「行きますよお」

「近くなったら完全なる隠伏（パーフェクトステルス）の発動を頼む」

「お任せでいいですかー？」

「うん、あ、大事なことを聞き忘れた。効果時間ってどれくらいなの？」

「そうですねー。まず、解除したら次に使うまでに少しの時間が必要でーす。解除しなければ夜まで平気ですよ」

「すげええ」

と感嘆しつつも冒険者が使うステルスのスキルがどれくらいの効果時間なのかとか、魔力を消費するのか、とか知らない。

この辺はひょっとしたら冒険者が使うステルスと同じようなものなのかも。

テレーズはスカウト系の職業だったよな？　今度会った時にでもステルスについて聞いてみよう。

矢のような速度で緑のカブトムシが疾駆する。カサカサとカサカサと。

馬と走り方がまるで異なるので上下の揺れが殆(ほとん)どない。カブトムシは六本の足を前後左右に動かすが馬や人間の「歩く」動作と異なり体が上下しないのだ。

加速力が凄いので振り落とされないように注意しなきゃならないけど、正直馬より乗っていて快適なのである。

上下に動かないという点では車に似ているかも。

「ぐううお」

「叫びすぎでえす」

そら叫ぶわ！　急に停止するんだもの。何とか振り落とされずに済んだからよかったものの、落ちていたら完全なる隠伏(パーフェクトステルス)の効果も無くなってしまうだろ。

「もう完全なる隠伏(パーフェクトステルス)は発動しているのかな？」

「ですよお」

「全然分からん」

「効果が無くなったら言いますよー」

完全なる隠伏(パーフェクトステルス)が発動中とのこと。

いつもながらの軽い雰囲気で喋(しゃべ)るすみよんであったが、完全なる隠伏(パーフェクトステルス)の効果が切れたら非常事態の可能性が高いよな。

現在、完全なる隠伏（パーフェクトステルス）が発動中となれば、蛇の群れとやらが近い。

ステルスの効果が切れ放り出されたら、逃げる手段も隠れる手段も尽きるだろ……。

分かってる。すみよんに悪意はない。俺の身体能力の見積もりができないだけだ。

急停止しても肩の上に乗っているすみよんは平気そうだし、もし俺が投げ出されたとしても彼だけは俺から離れ華麗にカブトムシの上に着地することだろう。

さすがに落ちる俺を引っ張る力は無いと思うからね。

「どの辺に蛇の群れとやらはいるんだ？」

「あっちです。まだ感知できませんかー？」

「俺にはまだだよ」

「そうですかー、向こうもそうでえす。ここでもしエリックさーんの姿が見えて、叫んだとしてもまだ大丈夫ですよー」

ちゃんと考えてくれていたらしい。

余裕があるところで停（と）まり、完全なる隠伏（パーフェクトステルス）を発動させてくれた、のだと思う、たぶん。

ここからは鈍行速度で緑カブトムシが走る。

と言っても、俺が青カブトムシを動かす時より少し遅いくらいの速度なので十分に速い。

すみよんが動かすとカブトムシがとんでもなく速く移動するんだよね。俺の場合はぶつからないように運転できる速度かつ、安全マージンを取って走らせているからさ。

この辺、俺とすみよんの身体能力の差だな。

しっかし、すみよんはどんだけ遠い距離から蛇の群れを知覚できるんだよ。俺にはまだ感知できねえぞ。

「そこでえす」

「確かに……群れだけど……」

確かに群れだ。群れがいる。俺たちの姿が消えているからなのか、元からなのかこちらに対する敵意はまるでない。

姿を現して確かめてみるのもいいかも……だけど、ああ見えて案外凶暴なのかも？

鶏の頭に二足歩行するタイプの小型爬虫類の体を引っ付けたような姿をしたモンスターが十頭前後の群れを成している。

鶏の頭といってもそう見えるだけで、トサカや羽毛の作りは別物だ。

トサカは硬いトゲが変質したもので、羽毛は生えておらず鱗で覆われている。体も全て鱗で覆われているのだけど長い尻尾の先にクジャクのような尾がついていた。

「蛇の群れ」と聞いていたので拍子抜けだよ。これなら放置しておいてもよかったんじゃないのか……。

なんかさ、土を突っついてほじくり返しているのがちらほらといるし。

危険かどうかと問われたら……鶏の頭に似ているといっても、体が大きいので体当たりされると骨の一本、二本は折れそう。

しかし、俺のセンサーによると彼らの危険度はせいぜい角付きの大型イノシシくらいである。

「乗れますよー、乗るの好きなんじゃないですかー？」

「嫌いではないけど、ジャイアントビートルがいるし？」

「そうですかー、連れて帰ってもいいですよお」

「う、うーん、初めて見るモンスターだけど名前はなんて言うのかな？」

「チキンリザードでえす」

「見た目爬虫類っぽいと思ったら、やっぱり蛇一族だったんだな」

リザードとついているので爬虫類系だ。となると、チキンリザードの群れが「蛇の群れ」ってことで良さそうだ。

チキンリザードだったら万が一廃村近くまでやって来たとしても心配する必要はないだろう。

結果無駄足だったけど、確認するってことが大事だ。未然に被害を防ぐことって大事なことだからね。

モンスターは自由に動くが廃村はそうはいかない。最悪、宿を廃棄する選択もあるにはあるけど、せっかくお客さんも来てくれるようになったんだ。

なるべく、最悪の選択はしたくないよ。


……！

な、何だ、この気配！

こいつは……まずい。

突如、背中がゾワリとして、全身に震えが走る。アリアドネと比べれば天と地ほどの差があるものの、この気配でも十分脅威だ。

少なくとも俺単独だったら全力で逃げる以外の選択はないほどに。

緑の完全なる隠伏（パーフェクトステルス）が無ければ平常心を保つことができなかったかもしれない。

チキンリザードの群れは確かに蛇のカテゴリーに含まれる群れであったが、すみよんが示す蛇の群れではなかった。

先ほど俺が感じた気配はこの中のどれだろうか？

あ、あああ。気が遠くなりそうだ。

なんと、チキンリザードの群れの向こうから白い輝きを放つ鱗を持つ群れが迫ってきている。

こいつは俺でも知っているぞ。シルバーサーペントと呼ばれる危険度Aランクのモンスターだ。

パイロヒドラとインペリアルヒュドラの話って覚えているかな？　一度だけチラリと見て死を覚悟したインペリアルヒュドラはSランクのモンスターで、パイロヒドラはそれより劣る。

先ほど感じた気配はかつてインペリアルヒュドラから感じたものと同等だった。

シルバーサーペントはAランクと聞いているのだけど、実際はもっと強いのか？

巨大な銀蛇ことシルバーサーペントは全長十メートルほどの蛇だ。直径八十センチほどの丸太のような蛇で小さな前脚と翼を持つ。

前脚と翼は特に脅威ではなく、こいつがシルバーサーペントだと見分けるのに便利なくらいの特徴である。

パイロヒドラと並ぶほどの強烈な毒を持ち、非常にタフだと聞く。鋭い牙（きば）に噛（か）まれたら一発で胴体が千切れ飛ぶだろうな……。

「すみよん、あれはどうしようもない。廃村からも遠く離れているし、とっとと逃げ……ぐ」

強烈な気配！

先ほど俺が感じた気配と同じもので間違いない。

気配の主はシルバーサーペントではなかった。八体のシルバーサーペントの群れを統率する人型が放つ尋常ではない気配に全身が総毛立ったのだ。

蛇の頭に人間に似た胴体に両腕。手には短槍を持っていた。

腰から下は蛇になっていて、武器を持つことから人間と同じくらいの知性も備えているのでは？と推測できる。

ん、この姿、見たことがあるかもしれない。

冒険者時代に一度だけだけど、蛇の頭を持つ種族の村の近くまで行ったことがある。

一体だけ遠目で見たのだが、強烈な気配を放つ蛇頭と体色が異なるな。以前見たものはくすんだ茶色だった。

こちらはくすんだ青色だ。

「オブシディアンですねー。蛇の一族ですよお」

「オブシディアン？　あれが？　蛇頭の種族だよね？　あんなとんでもない気配を放っていなかったぞ」

すみよんがいつものようにのんびりと声を出すが、こちらは気が気じゃない。

思い出したよ。以前俺が見た蛇頭の種族はオブシディアンと言った。だけど、断じてあの青色個体のような凶悪な雰囲気を持ってはいなかったぞ。

「オブシディアンにも色々いますよー、ニンゲンだって色々いるのと同じですよお」

「あいつ……ネームドか」

「すみよんにはネームドが何か分からないですー。ニンゲン流の呼び方ですかー？」

「そんなところ、撤収しよう」

アレがオブシディアンだと言うのなら、ネームド以外にあり得ない。

ネームドとは種族の中で稀（まれ）に出て来る超強力な個体のことを指す。

人間だって個々人で戦闘能力に差があるだろ？

戦闘を行うことを生業（なりわい）にしている冒険者だってCランクもいれば、Aランクもいる。

俺たちが出会うモンスターのランク付けはあくまでその種族の平均値だ。

モンスターだって冒険者と同じように個体によって強さが異なる。あの青色個体は冒険者にたとえるとSランク冒険者ってところ。

オブシディアン社会に冒険者がいるかどうかは不明だけどね。

あんなのに見つかったら大変なことになる。発見された場合、いきなり襲いかかってくる確率は半々くらい……だと思う。

オブシディアンはこちらから攻撃しない限り、近寄りさえしなければ追ってこないし襲い掛かってもこなかった。

しかし、あの個体がどうかは分からないだろ？　人間と同じで攻撃的な個体もいればそうじゃない個体もいる。

「帰るんですかー？」

「そそ、廃村を狙って襲撃してくることはなさそうだし」

そう言って肩をすくめると、肩に乗ったすみよんが俺の首に長い縞々尻尾を絡めて「ん」とばかりに首をかしげる。

つぶらな真ん丸の瞳で見つめられても、撫でたくなるだけだぞ。

すみよんが一呼吸置く時、とんでもないことを口にすることが多いので撫でたくなる気持ちを抑えグッと身構える。

「すみよん、お友達になりたいのかと思ってましたー」

「ザザの件があったからか……」

「エリックさんは蜘蛛とも蛇とも仲良くしたいのかとー」

「積極的に関わっていくつもりはないよ」

ふう、すみよんが蛇の群れの下に連れて来た理由が平和的な内容で良かった。

最初からそう言えよ、と突っ込みたいところなのだけど、そこは仕方ない。

彼とはこういうものだと受け入れるが吉である。

話がまとまったので、この場を立ち去ってくれるものと待っていたのだけど、中々出発してくれない。

「すみよん」と声をかけようとしたら上空から耳をつんざく咆哮が響き、思わず両耳を塞ぐ。

と同時に俺の体を別のプレッシャーが駆け抜ける。

また強いモンスターかよ、と目を細めた時、ドシンと轟音を立てながら巨体が地面に降り立つ。

もわもわと土煙があがり、衝撃のものすごさを物語っていた。

煙が晴れるといつの間にかチキンリザードの姿がきれいさっぱり無くなっている。

銀色の鱗を輝かせたシルバーサーペントたちが油断なく首をあげ、中央にネームドオブシディアン。

対峙するは赤茶色の鱗を備えた巨体である。

この姿は子供でも知っているものだ。有名すぎるが決して出会いたくないモンスター……ドラゴンの一種であろう。

ドラゴン、それは子供たちの憧れ。数多くの英雄たちが相対し、時に敗れ、時に打ち倒した存在。

そんな物語に語られるドラゴンが今俺の目の前に。

全然心がときめくことはないがね！

ドラゴンとひとくくりに言っても様々な種類がある。硬い鱗と体に比して小さな翼を持つどっしりとした体躯の個体のことを総じてドラゴンと呼称しているんだ。

ネームドオブシディアンと対峙するドラゴンは全高十メートルほどの赤茶色の鱗を備えたもので、ドラゴンとしては小さい部類に入るだろう。

鋭い牙でネームドオブシディアンを威嚇している。

あのドラゴンはドラゴンの中では弱い部類に入り、魔法も使いそうにない。それでもドラゴンはドラゴンだ。

硬い鱗と巨体、そして飛行能力に炎のブレスは脅威である。

思わぬところで怪獣大戦争を観戦することになってしまったようだ……。

銀蛇たちがシャアアアと蛇独特の威嚇音を出し、一斉にドラゴンへにじり寄り牙を突き立てていく。

銀蛇も大きいがドラゴンに比べると小さく見える。そんな巨体を誇るドラゴン相手にも蛇たちは一切怯む様子がなく果敢に攻め立てている。

銀蛇ことシルバーサーペントは鋭い牙だけでなく牙から分泌する毒も脅威だ。

しかし、ドラゴンの硬い鱗を鋭い牙で貫通することができなかったようで、ドラゴンはまるで痛がる様子が無い。

右後脚を振り上げると一体の銀蛇が冗談のように宙を舞い、地面に叩きつけられた。

ドラゴンが身をよじると一体、また一体と蛇が振り払われて行く。蛇に食いつかれていた箇所が露わになるが、鱗に傷一つ付いていなかった。

なんという硬さ。ドラゴンの中では弱い部類に入るであろう赤茶色の鱗を持つ個体でさえ、やはりドラゴンなのだ。

俺がいくら切りつけようとも赤茶色の鱗に弾かれるだろうな。

飛ばされようが、振り払われようが銀蛇は怯まない。

ダメージを受けつつもドラゴンに再び飛びついて行く。

「ウラララララ、ウラララララ！」

その時、謳うような野太い声が響き渡る。

声の主はネームドオブシディアンだった。

何を言っているのか分からないが、体の奥から力が溢れてくるような、そんな力の籠った勇壮な声……いや、詩なのかもしれない。

彼はまるでオーケストラの奏者のように短槍を掲げ振り下ろす。

すると、銀蛇たちの目が赤々と輝きを放ちとたんに動きが良くなった。

牙が通らぬなら巻き付き、勢いをつけて体当たりをし、何が何でも退けんと攻める。

傷を負わぬものの勢いに押され一歩後退をするドラゴン。

いや、後退したのではない「構え」たのか。

「すみよん、俺たちも巻き込まれないか……？」

「この位置なら問題ありませーん」

「いやでもほら、退こう」

「仕方ないですねえ」

何でこうも平気でいられるのだろうか、このワオキツネザルは。

ドラゴンの腹が膨れ、口元にチラチラと赤い炎と黒い煤が見えないわけはないよな？

あれはかの有名なドラゴンのブレスを吐く前動作だってば！

この期に及んでも銀蛇たちは退かず、ドラゴンの足もとをチクチクしている。

銀蛇といい、すみよんといい、恐怖感が麻痺しているのか？

驚くべきことがもう一つある。

それは、今俺が騎乗している緑カブトムシのことだよ。彼は命の危機があるかもしれないこの状況でも身動き一つしないでどっしり構えている。

生物の本能として逃げ出すよりも、主人の命令を聞くなんて殊勝すぎるだろ。

俺がペットなら絶対に逃げ出す。

だあああ、カブトムシに感心している場合じゃない。

もうドラゴンは大きく口を開いてしまったぞ。

「ウラララララアアア！」

ひときわ大きな声がして、ネームドオブシディアンが前に出る！

短槍を振り上げ、体を捻りグググと全身の力を握りしめた短槍に込めている。

次の瞬間、短槍が放たれ唸りをあげ一直線にドラゴンの口元へ飛翔した。

短槍は吸い込まれるようにドラゴンの口の中へ入り、たまらず口を上にあげたドラゴンの口から炎のブレスが吐き出される。

うはあ。上を向いていたからいいものの、一直線に吐き出されていたらこの場所も危なかったかもしれないじゃないか！

何が「問題ありませーん」だよおお。

問題ありまくりだろ！

俺が心の中で叫んでいる間にドラゴンとネームドオブシディアンたちとのバトルは終わりを告げる。

ドラゴンが飲み込んだ短槍で口内に傷を負ったのかどうかは分からない。少なくとも血が垂れている様子はなかった。

だが、ネームドオブシディアンたちの勢いに押されたのかドラゴンがフワリと浮き上がり、その場を去って行く。

ドラゴンが去ったからか、ネームドオブシディアンたちも引き上げて行ったのだった。

残されたのは俺たちのみである。

「帰ろう……どっと疲れた」

「ニワトリはいいんですかー？」

「この場にもういないし、俺にはジャイアントビートルがいるし……」

「そうですかー、残念でぇす」

そんなこんなでようやく帰路につく俺たちなのであった。

蛇の群れ？　恐らくネームドオブシディアンたちのことだろうけど、ドラゴンと戯れていただけだし廃村に突っかかってくることはないと思う。

あれだよあれ、あのネームドオブシディアンは強者に挑むことに快感を覚えるタイプに違いない。

そんな彼がわざわざ廃村を襲撃してくる、なんてことはまずないだろ。

徒歩でここから廃村まで行こうとしたら相当時間がかかるしさ。逃げて行ったドラゴンならともかく、徒歩で廃村まで行くとなると場所が分からぬ中辿り着けるとは思えない。

二つの理由から、特に蛇の群れを警戒する必要はないと判断したのだ。

エピローグ　廃村でスローライフ

「おかえりなさい！」

「何とか間に合ったよ、さっそく料理に取り掛かる」

「はい！　やれるところはやっております！」

「ありがとう、助かるよ」

元気よく迎えてくれたマリーに礼を言いつつ、キッチンに向かう。

少し遅くなったけど、まだレストランの開店には間に合う時間だな。

お客さんを入れるのはまだ先だし……。しかし、下準備の時間がもうあまり残されてないな。

さて、無心で調理をするぞ！

ドラゴンのブレスなんてなかった。なかったのだ。俺の記憶からデリートすべし。そのためにも調理に集中する。これだよこれ。

今日のメニューは、もう決まっている。

新鮮な獲れたて魚介類の数々だ。宿『月見草』風味でご賞味あれ、なんてな。

「ラララー」

優しげなハープの音色と共に歌声がキッチンにまで聞こえて来る。

レストランの開店と同時に、待ってましたとばかりにさっそく冒険者と珍しく一般客も入り、最初からキッチンはフルスロットルだ。

歌っているのは旅の楽士ホメロン。彼の想い人エリシアが療養のため廃村に滞在していて、彼女がいる間は彼も付き添いでここで暮らすことになったのである。

彼女の治療のお礼として、彼は宿のレストランで音楽を奏でてくれている。

満席になったレストランは喧騒に包まれていた。しかし、マイクもないのに彼の声は不思議とよく通り、キッチンにいてもハッキリと彼の歌声が聞こえてくる。

普段の彼は芝居がかった仕草が濃すぎて、あまり相手をしたくないのだが音楽を奏でている時だけは別だ。

料理に集中しつつ、ふと息をついた時に彼の奏でるハープと歌声が耳に届くと、疲れがふっと癒される。

前世で行った居酒屋とかだと当たり前のようにかかっていた音楽だが、この世界ではそうじゃない。

なので、歌を聞くことって結構贅沢なことなんだよね。

貴族が自宅でお食事会なんてやる時には、楽士も招かれるとか聞く。街中で歌っている彼のような旅の楽士もいるが、貴族専門のオーケストラ部隊で生計を立てている人もいる。

何が言いたいのかと言うと、一般市民にとって音楽とは近くて遠い。

音楽が嫌いな一般市民は少ないのだけど、聞こうと思って気軽に聞けるものでもない。劇場で定期的に音楽会が開催されているが、結構なお値段がする。

劇場では音楽以外に演劇とかもやっていて、いつもにぎわっていると誰かから聞いた。

そんな事情もあり、街中で誰かが音楽を奏でていたらたちまち人が集まり、投げ銭をしてくれる。

道端で奏でる音楽は劇場と違って高い料金を払わなくていいし、親しみやすい音色なので一般市民にとって人気コンテンツなのだ。

そんな旅の楽士が奏でる音楽をこうして場末も場末である廃村の宿で聞くことができるとなれば、どれほどのことか分かってもらえただろうか？

治療の代金としては安すぎると俺は思っている。

おっと、聞き惚れている場合じゃない。

「海鮮鍋おかわりですー！」

「ちょうど完成したよ、持って行って！」

「はい！」

「熱いから気を付けて」

意外や意外。何故か海鮮鍋が一番人気だ。獲れたてほやほやの魚介類を下処理してから鍋に放り込んで、山菜やキノコも入れて味噌味にしたシンプルな鍋である。

他にも天ぷらとか焼き魚、つぼ焼きなんてものも準備しているが、まず鍋からなのだろうか？

客層に冒険者が多いのも鍋が人気の理由かもしれない。

冒険者は依頼を受けて冒険に出る時、極力持ち物を減らす。食糧は調味料に加え非常時の携帯食糧を最低限持つのみなことが殆どだ。

移動は馬車や馬のこともあるが、採集や狩りをする時には徒歩になる。

依頼を受けて何かを持って帰るのだから、行きより帰りの方が荷物が当然多くなるだろ。

戦うことを想定し、装備も持って行く上に荷物も増える。

となると、必然的に最小限の荷物で冒険に出ることになるんだ。

食材は現地調達し、料理をするための道具といえば鍋を選択する。鍋だったら水を沸かすこともできるし、炒めることもできるだろ。

調理の手間を考えると鍋で何かをぐつぐつ煮込む、これが最も多い。

そう、冒険者にとって鍋とは必須アイテムなのである。

だから、食事と言えば鍋料理。まず腹を膨らませるのに鍋料理があれば、飛びつくのも仕方のないことなのである。

「海鮮鍋おかわりですー！」

「はいよ！」

鍋の注文がしばらく続きそうだな。

だが、腹が膨れたら注文は変わって来るに違いない。

「今日は一段と遅くなっちゃったな」

「お休みもありましたし、みなさん開店をお待ちくださっていたのかもですね！」

「ありがたいことだよ。休むと忘れられないか心配になるけど、こうして来店してくれるっていうのはうれしいよな」

「はい！」

レストランの営業が終わり、ホッと一息。今日の晩御飯は何にしようかな？

晩御飯の時間が、一日のうち最も充足感を得ることができる。この時間をどう過ごすのかで、今日が決まると言っても過言ではない……は言いすぎだな。

メニューはどうするかな……。好評だった海鮮鍋にしようか？　いや、ここはまだレストランで出していないメニューにしたい。

う、うーん……あ、出したことはある料理だけどアレンジしてみよう！

思いついたら、もうそれしかないと思うから不思議なものだ。

パスタを茹(ゆ)でつつ、ほうれん草と残ったベーコンを切る。醤油(しょうゆ)……いや、ここは味噌だまりの方が味に深みが出ていいか。

フライパンにオリーブオイルとバターを入れて、ベーコンをカリカリになるまで焼く。茹で上がったパスタを絡め、ほうれん草に味噌だまりを少々……。

これで出来上がり！　簡単料理だけど味は保証するぜ！


「わー。ほうれん草とベーコンのパスタ、『月見草』風ですね！」

「うん、マリーのお口に合うか分からないけど、こいつを振りかけるとよりおいしくなるんだ」

トンとテーブルの上に置いた小鉢にマリーが目を向ける。

琥珀色の向こうが透けそうなくらい薄く切られたそれに、彼女は不思議そうに首を傾げた。

「こいつはかつお……いやスピパ節だよ。ちょっと摘まんで食べてみて。食べられそうならパスタに振りかけて食べるとおいしいよ」

「試してみます。……柔らかな出汁の味がしますね」

かつお節ならぬスピパ節をパスタにかけて、パクリと食べる。

うーん、これぞ和風パスタの定番よのお。

簡単、早い、うまい、そして材料費も安い。三拍子ならぬ四拍子揃った一品である。

「おいしいです！　エリックさんの料理はどれもこれもおいしくて……」

「そう言ってくれて嬉しいよ」

「わたし、ここでエリックさんのお手伝いをすることができて幸せです」

「俺もマリーが手伝ってくれて、いや、一緒に宿を経営していけて幸せだよ」

「い、一緒……」

「あ、うん。そのつもりだったんだけど、違ったかな？」

「い、いえ、そのようなことは……」

何故(なぜ)か真っ赤になるマリーに、今度はこちらが首を傾げることに。


微妙な間が流れたが、それを打ち消すように勢いよく扉が叩(たた)かれる。

ドンドン！

「主人！　夜遅くにすまない！」

マリーと顔を見合わせ頷(うなず)き合い、扉口に向かう。

「今行くよ」

この声は犬頭のリーダーかな？　ヒドラの毒とか毎回散々な目に遭っているパーティだったはず。

レストランの営業が終わっても宿の営業はエンドレスである。

彼らのパーティが大怪我(おおけが)をしていなきゃいいけど……。

ヒールの特性に気が付いて、勢いだけで「廃村で宿経営だ！」と無謀にも思えたこの挑戦は今のところ大成功。

これからも廃村で自由気ままに過ごしつつ、宿を切り盛りしていきたい。

ついてないなと思ったこの世界の人生も悪くない……いや、めっちゃ楽しい！

「主人！」

「今扉を開けるよー！」

扉を開けると予想通り犬頭のリーダーだった。怪我人は……いないな。

「ようこそ、回復する宿『月見草』へ」

何となく言ってみたものの、締まらなかった。これもまた俺らしい。

あとがき

『廃村ではじめるスローライフ3 ～前世知識と回復術を使ったらチートな宿屋ができちゃいました！～』を手に取っていただき、誠にありがとうございます。

三巻ではカブトムシの亜種たちについて言及されます。いつの間にかメインキャラ級になっていたカサカサ走るカブトムシには他にも便利な能力を持った亜種たちが。

もう一つ、本作の最強格である蜘蛛（くも）のアリアドネともう一方の蛇についても語られます。

蛇側はまだこれからといった感じですが、気になる方はWEB版を読んでくださるとうれしいです。個性的な蛇側のキャラクターが描かれておりますので。

今作は、れんたさんの可愛（かわい）らしい素敵な絵柄で緩和されているものの、やはり虫やらグロテスクなものが結構でてきています。

ゾワゾワする方もいらっしゃるかもしれません。一方でもふもふ可愛い、愛らしい動物たちも出演してますので、そちらもお楽しみいただければ幸いです。

エリックを囲むキャラクターも随分と増えてきました。宿も順調に軌道に乗りこれからも彼の宿は大繁盛していくことになりますのでお楽しみに！

それと、一つ嬉しい報告があります。

天上涼太郎先生によるコミカライズ版がカドコミさんで連載中です。

エリック、マリー、そしてグラシアーノやゴンザなどキャラクターたちが生き生きと動いているので、是非、読んでみてください。

最後に、編集さん、イラストレーターさん。そして、本書をお手に取って頂いた読者のみなさま、この場を借りてお礼申し上げます。

カドカワBOOKS

廃村(はいそん)ではじめるスローライフ　3
～前世知識(ぜんせちしき)と回復術(かいふくじゅつ)を使(つか)ったらチートな宿屋(やどや)ができちゃいました！～

2024年 4 月10日　初版発行

著者／うみ

発行者／山下直久

発行／株式会社KADOKAWA

〒102-8177
東京都千代田区富士見2-13-3
電話／0570-002-301（ナビダイヤル）

編集／カドカワBOOKS編集部

印刷所／暁印刷

製本所／本間製本

ISBN 978-4-04-075349-2 C0093

新文芸宣言

かつて「知」と「美」は特権階級の所有物でした。

15世紀、グーテンベルクが発明した活版印刷技術は、特権階級から「知」と「美」を解放し、ルネサンスや宗教改革を導きました。市民革命や産業革命も、大衆に「知」と「美」が広まらなければ起こりえませんでした。人間は、本を読むことにより、自由と平等を獲得していったのです。

21世紀、インターネット技術により、第二の「知」と「美」の解放が起こりました。一部の選ばれた才能を持つ者だけが文章や絵、映像を発表できる時代は終わり、誰もがネット上で自己表現を出来る時代がやってきました。

UGC（ユーザージェネレイテッドコンテンツ）の波は、今世界を席巻しています。UGCから生まれた小説は、一般大衆からの批評を取り込みながら内容を充実させて行きます。受け手と送り手の情報の交換によって、UGCは量的な評価を獲得し、爆発的にその数を増やしているのです。

こうしたUGCから生まれた小説群を、私たちは「新文芸」と名付けました。

新文芸は、インターネットによる新しい「知」と「美」の形です。

2015年10月10日
井上伸一郎

水魔法ぐらいしか取り柄がないけど現代知識があれば充分だよね？

著 mono-zo　画 桶乃かもく

スラムの路上で生きる5歳の孤児フリムはある日、日本人だった前世を思い出した。今いる世界は暴力と理不尽だらけで、味方もゼロ。あるのは「水が出せる魔法」と「現代知識」だけ。せめて屋根のあるお家ぐらいは欲しかったなぁ……。

しかし、この世界にはないアイデアで職場環境を改善したり、高圧水流や除菌・消臭効果のあるオゾンを出して貴族のお屋敷をピカピカに磨いたり、さらには不可能なはずの爆発魔法まで使えて、フリムは次第に注目される存在に——!?

カドカワBOOKS

最底辺スタートな
転生幼女、
万能の
「水魔法」で
成り上がる!?

冴えないおじさん、
拾ったスライムに
癒やされついでに、
大冒険！

第8回カクヨムWeb小説コンテスト
ライト文芸部門 特別賞

道にスライムが捨てられていたから連れて帰りました

michi ni slime ga suterarete itakara tsurete kaeri mashita ～ojisan to slime no hono bono bouken life～

～おじさんとスライムのほのぼの冒険ライフ～

イコ

illustration いもいち

四十歳、社畜サラリーマンの阿部さんはある日の仕事帰り、
電柱の下でスライムが捨てられているのを見つけ、
その可愛さに思わず連れ帰ってしまいます。
スライム（命名：ミズモチさん）のために、魔物が蔓延る
《ダンジョン》へ挑戦する決心をすると、副業として思わぬ
小遣い稼ぎにもなり、身体も若返り、女の子の友達が増え……
となんだか何もかもがうまくいき!?
でも、断固阿部さんはミズモチさんとののんびり生活優先です！

カドカワBOOKS

カドカワBOOKS
スキル『植樹』を使って
追放先でのんびり
開拓はじめます
コミカライズ企画
進行中!

歩くたび増えていく
新しい出会い、新しいスキル
この世界で、
のんびり旅はじめます。
異世界ウォーキング
コミックス好評発売中！&
講談社
「マガジンポケット」にて
コミカライズ好評連載中!!
漫画：小川慧

COMIC
WALKERほかにて
コミカライズ
好評連載中!
漫画・
濱田みふみ

前略。山暮らしを始めました。

浅葱

illust. しの

摩訶不思議な山暮らし——
ニワトリ(?)たちと
癒やしのスローライフ開幕!

ひょんなことがきっかけで山を買った佐野は、縁日で買った3羽のヒヨコと一緒に悠々自適な田舎暮らしを始める。気づけばヒヨコは恐竜みたいな尻尾を生やした巨大なニワトリ(?)に成長し、言葉まで喋り始めて……。

「どうして——!?」「ドウシテー」「ドウシテー」「ドウシテー」

「お前らが言うなー!」

癒やし満点なニワトリたちとの摩訶不思議な山暮らし!

カドカワBOOKS